GRAVITARE

关 怀 现 实 ， 沟 通 学 术 与 大 众

蝴蝶之家

叶小果 ——

著

SPM
南方传媒 广东人民出版社
· 广州 ·

图书在版编目（CIP）数据

蝴蝶之家 / 叶小果著. —广州：广东人民出版社，2024.6
（万有引力书系）
ISBN 978-7-218-17520-1

Ⅰ.①蝴…　Ⅱ.①叶…　Ⅲ.①纪实文学—中国—当代　Ⅳ.①I25

中国国家版本馆CIP数据核字（2024）第082161号

HUDIE ZHI JIA
蝴蝶之家

叶小果　著

出 版 人：肖风华

丛书主编：施　勇　钱　丰
责任编辑：梁欣彤　龚文豪
特约编辑：李恩杰
营销编辑：张　哲
责任技编：吴彦斌
特邀合作：番茄出版

出版发行：广东人民出版社
地　　址：广州市越秀区大沙头四马路10号（邮政编码：510199）
电　　话：（020）85716809（总编室）
传　　真：（020）83289585
网　　址：http://www.gdpph.com
印　　刷：广州市豪威彩色印务有限公司
开　　本：889毫米×1194毫米　1/32
印　　张：10　　字　　数：180千
版　　次：2024年6月第1版
印　　次：2024年6月第1次印刷
定　　价：59.00元

如发现印装质量问题，影响阅读，请与出版社（020-85716849）联系调换。
售书热线：（020）87716172

谨以此书献给我的母亲杨中列女士

自序：我在中国倾听人生

1

"如果我在40岁的时候知道自己后面是这么走下来，我可能当时就活不下去了。"

2021年初春，一个63岁的陌生女人联系我，如此对我倾诉。

在她住的小区一隅，我们相对而坐，中间隔着一块石案。身旁的栅栏上，簕杜鹃攀援蔓延，红艳艳的花朵在微风中绽放。很阴沉的天气，春寒料峭。戴着口罩的居民从不远处匆匆走过，有意无意地瞥向我们。

她把早先戴着的口罩取下来放在面前，在我看来，这样方便她不时擦拭流下的涕泪。

40岁那年，她原本家庭美满幸福，律师工作顺风顺水。那年的2月28日，她最亲爱的小弟弟失踪了，连同一辆半新的奔驰轿车。

时隔多年，她还清楚地记得那天是正月十三，和她一起住的小弟弟按照原计划要去打高尔夫球。可是原先约好的三个球友，一个在外地来不及返回，一个政府人员说突然接到通知要去开会，只有一个从澳大利亚一起留学回来的同学没有爽约。

下午2点多，她对准备出门的小弟弟讲，老公去外面应酬了，儿子和同学聚会，她也想出去玩，不回来做晚饭，大家就各吃各的。

看着小弟弟背着球包走出家门，那是她最后一次看到他年轻的背影。

据小弟弟的同学说，那天下午在高尔夫球场，他们从3点打到4点半。同学突然肚子疼，可能是过年期间吃多了，跑了两次厕所，还是顶不住，就赶回家去吃药。剩下的球还有很多，小弟弟想着别浪费——可能一个球要10块钱，他要把那些球打完再回家。

多年前，母亲离世时在病床前嘱咐她，一定要照顾好弟弟们。然而这一次，小弟弟再也没有回家。

不够48小时不能立案。沿着高尔夫球场外面的那条路，她一遍遍地寻找小弟弟的行踪。马路紧挨建筑工地，周围乱七八糟。从球场的停车场出来，路对面有个餐厅。她猜想小弟弟打球一直到天黑，驾车出来就近用餐。饭后返回车上时，他碰到了凶手。

"我很后悔，"她泪流满面，反复和我说，"要是我说那天晚上做饭，我弟弟早点回来就不会出事了。要是他的朋友们不爽约或提前离开，我弟弟应该还会活着。还有我儿子，那天突然不想和我弟弟去球场，而是去见同学，他虽然14岁，但是个男孩子，如果多个人在我弟弟身边就不一样，起码可以叫救命。"

她的泪水，擦干又流，沾湿了纸巾。身高一米五二的她，20多年从未放弃追凶，卖掉40岁之前买下的多套房子，重金悬赏，寻访蛛丝马迹，行程遍及周围多省市。在那期间，她遭遇了婚变，多名亲人去世。为了防止凶手报复，她将16岁的儿子独自送往美国读书，也为避难。

满头白发的她，是怎么从40岁走到现在的？她形容自己："我就在那些龙潭虎穴里面混。"

"我妈妈让我照顾好弟弟们，我没有做到，他们都去世了。我得完成他们的遗愿。要不然，我对不起祖宗。"几乎凭着一己之力，她追查到小弟弟被绑石沉尸的犯罪现场，找到了小弟弟被以无名氏火化的骨灰，也找到了小弟弟那辆被卖到二手车市场的奔驰轿车。

"我坚持追凶，直接是为自己，间接是为社会、为国家除害。家仇国恨不报，何为法律人？"凶手在2017年落网。听到消息，她感叹道："这些年，我把自己的时间和智慧都耗在这个事情上，我本应该给老百姓多干点事的啊。"

从早上讲到中午，她的现任老公从小区栅栏的缝隙给我们递了面包和牛奶。直到天黑，一个复仇天使的20多年，在我的面前起伏跌宕。她抹了一把眼泪："唉，真他妈的命运啊。"

当天的录音素材，整理出来，共计64 000多字。这些含着血泪的文字，由于某些原因，非常遗憾，最终没有发表。

2

"真他妈的命运啊。"从2017年春天到现在，我在多地倾听过许多人的人生经历和心里话。每次听完这些倾诉，我总在心里不由得感叹，命运何其颠沛流离，命运何其曲折离奇。

这些有传奇经历和遭遇的普通人，他们的心声被我记录下来，统一采用口述历史的体例，变成报纸专栏的文章或网上的励志故事。

我发表出来的第一个人生故事，来自广州的退伍消防兵曾庭民。他在消防部队服役12年，退伍后和战友们组了一支"小人物"乐队，在全国做消防公益巡演。

一天晚上8点多，我们约定在体育西横路的一间酒吧见面。他熟悉那里的环境，曾在那里做过分享。凭着手机里的提示，我走到吧台前。一个身材笔挺的帅哥站在闪烁的灯光里，向我打招呼。他引着我，一起在沙发上坐下来。他用苦练10多年的普通话，开始讲述。

他和战友们的救人生涯，惊心动魄。每次出任务时，他们幻想自己像孙悟空一样，身披战甲，脚踏七彩祥云，冲进火场，拯救别人。如果再配个月光宝盒那就更好了，可惜他们不是孙悟空，也没有月光宝盒。见过很多因为火灾而家破人亡的事故，退伍后的他们一遍又一遍地告诉大家，防火比救火更加重要。

这样的倾听氛围，让我记忆深刻。我提前准备了一份采访提纲，想要翻出来备用。无奈灯光太昏暗，且飘忽如萤。周围的歌声、人们的低语声，忽高忽低，忽远忽近，仿佛伴奏的背景音乐，并不太干扰我的倾听。

努力让全中国的每个家庭都有一个"消防员"——为了这个梦想，他在原创的歌曲里写道："会累会苦，不会认尿。"但他说自己很愧对家人。

我走出酒吧，站在路灯下，已是深夜。回想起来，我竟然没有看清他的脸，只怪那灯光太朦胧。几个月后，我前往一个剧场，拿着票准备对号入座，看到有个陌生人隔着几排座位向着我的方向挥手。我环视周围，确定他招呼的是我。我们各趋向前，他报出名字"曾庭民"。第二次相见，我终于看清了他的脸，果然是个帅哥。

曾庭民和战友们的故事，在《杭州日报》副刊"倾听·人生"栏目以整版篇幅发表。当天，杭州市消防救援部门看到后，联系报社，邀请曾庭民和战友们的"小人物"乐队到杭州做消防巡演。

"如果回到过去，再选择一次，我还会干消防。就算不让我来，我也要来。"曾庭民真心喜欢这个事情。虽然困难重重，他和战友们仍然在坚持。他告诉我："坚持就是每天不停地骗自己不要放弃。"

3

就像曾庭民真心喜欢消防一样，我对倾听和记录普通人的生命故事也满怀兴趣和热爱。

"美丽的梦和美丽的诗一样，都是可遇不可求的，常常在最没能料到的时刻里出现。"我倾听和记录这些小人物的人生故事，缘起于一次说走就走的旅行。

2013年11月底，杭州的秋色渐已浓郁，西湖残荷铺排如水墨画，林荫道仍有桂香飘散。那个阳光灿烂的下午，从广州到杭州休年假的我，由西湖边踱步至晓风书屋，推门而入时，一场关于《梦想合唱团》的新书签售分享沙龙即将开始。

每次旅行途中趁机逛书店是我的一个癖好。那天，在后排的空位坐下之后，我才知道，这本名为《梦想合唱团》的新书，乃由《杭州日报》"倾听·人生"栏目的近年精彩作品结集而成。此前，"倾听·人生"栏目已经结集出版《小人物史记》等丛书。

"负责这个栏目的这些年，我真的觉得是生活对我的一个奖赏，因为做这个栏目其实很过瘾。"编辑莫小米老师头发花白，声音洪亮地最先分享，"我在这个栏目采访过离我最近的一个人物是我的弟弟。我们都从一个娘胎里出来，共同生活了几十年，平时交流很多，可以说无话不谈。但是我采访了他一整天之后，却发现他还有很多经历和想法，是我所不知道的。"

就在那时，我才发现，眼前的莫小米老师就是我以前经常在报刊上读过很多作品的那位作家。

将近2个小时的签售分享沙龙过程中，"倾听·人生"的作者代表们依次讲述采访中的难忘故事，坐在人群中的我，在心里深深地记住了"倾听·人生"这个经典栏目。

返回广州的途中，我把那本由莫小米等老师签名的《梦想合唱团》反复地翻阅。"在绚丽的舞台之外，在聚光灯照不到的地方，平凡的生活中蕴藏着一个个关于梦想的故事，远比演出更精彩。"印在封二的这句话，宛如一颗石子投入平静的湖面，在我的心间激起的涟漪，终于在2017年春天澎湃。

我准备的第一个选题，就是曾庭民和战友们的故事线索。发到报纸上公开的邮箱，编辑王燕老师很快回复了我，不仅告诉我选题通过，还特别细心地告知我有关稿件的要求和注意事项。

经过王燕老师的精心编校，曾庭民和战友们的故事以《浴火而歌》为标题在"倾听·人生"栏目发表。

从那时开始，我倾听和记录的小人物故事在"倾听·人生"不断亮相。其中，第9个人生故事《全家福拍摄团》，讲述一群大学生接力多年为贵州贫困乡村的村民拍摄上万张全家福的举动，也得到温暖的"回音"，杭州一位老先生当天读完报纸，联系我表示愿意长期捐助学生们继续进行全家福拍摄，这个愿望很快成为现实。

4

我倾听和记录的小人物故事，线索来源除了我生活的周边，随着我的脚步，扩展到广东、湖南、湖北、陕西、广西、云南、贵州、北京、西藏、山东、四川、重庆等地。

人生苦难重重是一个伟大的真理。很多人经常会"夜里崩溃，白天振作"。但是，将心比心，不是他们不够坚强，而是因为人们面对的生活太难了。有时候就算看不到希望，也必须坚持下去。活得艰难的时候，倾诉一下，宣泄一下，也是一种松绑和减负。

2017年4月，我听到广州24小时不打烊书店的老板刘二囍提起一个在书店留宿的流浪汉。我问那个流浪汉还在不在。他马上去把那个流浪汉带到了我的面前。那个流浪汉，衣着干净，很有礼貌，来自台湾，他说自己以前是一个富二代或富三代，后来家道中落。

他在台北上过一年半大学，因为作弊被开除。然后他去社会上闯荡，在台北希尔顿酒店工作过，还多次创业。与暗恋他的女同学结婚后，有了两个女儿。他依旧不顾家，34岁的时候，小女儿还在幼儿园，他就离婚了。他2001年来到广州，结果投资失败，证件被偷，积蓄用尽。想着闲着也是闲着，他就走上街头捡垃圾。

他形容自己是"街道观察员"，走马观花，自由自在，想休息就休息，今朝有酒今朝醉，觉得捡垃圾比找个固定工作还好，不仅变废为宝，顺便还能运动，也会有不定期的惊喜——你永远不知道下一个垃圾桶里面有什么。

他还去广州东站当拉客仔，遇到广交会的外国客人，就帮忙联系业务，也带他们去林和村里面找小姐。他也去美院和画室当裸体模特。他睡的地方，先是肯德基和麦当劳，后来是不打烊书店，洗澡就去医院或珠江边。

人家说狡兔三窟，他说自己在广州流浪的地方大概有30个窟。他每天都有一定运动量，不吃糖，几乎没有生过病。他形容，每天都是"happy day"。对于流浪生活，他说自己非常"enjoy"。就算别人觉得不可思议，但他"no care"。

我把这个故事的精编版发给报社的编辑，编辑说她想从杭州来广州见一下他。这个故事的完整版发表在《读库

1804》上，有人形容是"丧圣经"。

2017年5月，我在广州见到了一个艺术家叫陈元璞。6岁时，他被诊断为轻度智力障碍与神经发育不完全。一直到长大，他每天都在与身体的病痛作战。但是上帝关上了他的一道门，却为他打开了一扇窗。

他是1977年出生的，在我采访时，已经创作了2700多幅古典音乐绘画。他把莫扎特、肖斯塔科维奇、瓦格纳等大师的交响乐，用绘画的形式表现出来。他说："那些经典的古典音乐，是大师们用命写出来的。我的古典音乐绘画，历经自己的人生感悟，是用命画出来的。"

交响乐和绘画，是他仅有的兴趣。他很幸运，遇到了很多爱心人士，包括艺术家，一直支持他。他的作品在广州多次展出，画册也被出版，他还被邀请到法兰克福去和德国的艺术家交流。

我采访的地点，是他家里，房间摆满了唱片和画作。他妈妈对我说："我们都年纪大了，身体都不好。他一个人不能结婚，总是生病，以后怎么办呢？"

这样的问题，我没有答案。2020年夏天，我有一天走过广东省立中山图书馆的报栏，无意间看到一个新闻标题，才知道他在6月因为中风去世了。我又想起他妈妈当时的话，感觉非常复杂。

2017年我见到了钟永明，他是全国目前为止唯一全职在街头表演"栋笃笑"的人。栋笃笑的英文是stand-up

comedy，源于美国，也算是脱口秀。他约我去了他的家里。

他的家在从化太平镇。他高中毕业，进入工厂打工。喜欢英语，就坚持自学。也喜欢演讲。在接触到栋笃笑和香港笑星黄子华的表演后，他就认定栋笃笑是要去做的事情。其实他在工厂凭着自学的英语，都能够做翻译，工资从1000多元升到7000元。本来这是一个很励志的故事，但是，在他2011年3月辞职，开始创作和表演栋笃笑之后，这变成了一个有点辛酸的故事——在广州街头被城管驱赶，经常无人理睬，基本没有收入，家人也不理解。

到了2020年10月，我又约他见一次面，了解一下他这3年多的情况。10月3日下午，我们在天环广场外面见面，他带着表演栋笃笑时的音箱。他说来都来了，顺便开启在疫情以来的第一次表演。3年没见，我发现时间流逝的同时，包括他在内，每个人的故事都在变化。相比于3年前，他有了一些粉丝，在街头遇到过很多"nice"的人，他的故事越来越丰富。如今的他开始走进剧场和酒吧，继续坚持表演栋笃笑。

他对栋笃笑的热爱，依然不变。他说：这世上只有一种成功，就是以自己喜欢的方式过的一生。舍而求其次的人生，他不想过。

常有陌生的朋友寒暄时随口问及我的爱好，不变的答案之一就是阅读。大约从小时候起，我就喜欢与书相伴。长大以后，自己买书，藏书，读书。日常晨夕，总有书与我如影随形，总有阅读的时光任我独享。

关于阅读的妙处，我记得感同身受的一段话："人读书越多，越不会被外在的环境所困扰，越不会被寂寞、孤独这样可怖的东西所折服。因为，书会逐渐在人的心灵里建造一个王国。"在我最初沉醉阅读的日子里，我还不知道未来的某一天我会有自己的读者。

这些形形色色的"俗世奇人"，敞开胸怀向我倾吐了自己的心里话和独特人生经历，这些有血有肉的真实故事，被我倾听和记录下来。如今已经有40多篇人生故事，在《杭州日报》副刊"倾听·人生"栏目发表，有的被多家报刊转载，有的在网上流传。除了已经发表的，还有一些故事，尘封在我的电脑文件夹里，但愿它们会有机会"解封"，能够被更多人看见和听见。

人人都有故事，每一种经历都值得记录。即使伤痛、泪水与绝望，也是不虚此生的独特体验。用记者的姿态去深入采访，用文学家的心灵和文笔去写下每个独特的人生故事，这是我阅读诺贝尔文学奖获得者阿列克谢耶维奇的作品之后，获得最珍贵的写作秘籍。

正因为这样的阅读影响，倾听那些普通人的真实人生故事，让普通人的真实声音在历史的回音中被听见、被尊重，是我从阅读转向非虚构写作的荣耀。

《读库》是我常年阅读的杂志书（Mook）。我的非虚构文章连续6年在《读库》发表，2021年发表的《蝴蝶之家》感动了许多人。蝴蝶之家是中国第一家儿童舒缓护理机构，接收来自福利院的孤残重绝症儿童。这篇3万余字的文章发表后，《读库》主编"六哥"张立宪第一时间为蝴蝶之家发动捐款66万元，更有许多读者单独捐款。知悉我的文章被阅读后产生的这种"蝴蝶效应"，我的感觉是，非常"666"。

从阅读到写作，从读者到作者，这样的"蝴蝶效应"，让我觉得人生越来越有意思，因为我依旧坚持阅读，习惯思考，放慢脚步，投入深度对话——与书中人，也与书外人，逐渐为自己构建了一个丰富的内心世界，我也变成了一个有故事可以让别人阅读的人。

小人物是构成大历史的小细节。历史行进的每一步，都在小人物身上留下了最真切的投影。平凡的生活中，蕴藏着一个个关于梦想的故事，比教科书上的历史更多元和丰富。每一次采访，每一次倾听，他们的百味人生，参差百态，喜怒哀乐，都让我深感荣幸，能够有机会和原本陌生的他们进行深度的推心置腹的交流。

我记得，采访对象们多次对我说过，这是他们第一次把自己的全部故事讲出来。这些第一人称的口述实录，跌宕起伏，五光十色，比虚构更生动地阐释了多元的历史和价值观。正如莫小米老师所言，对我这样的倾听者和记录者而言，这是生活的莫大赏赐。

坐在这些"俗世奇人"的面前，我能做的事，只是安静地倾听。美国心理学家、人本主义心理学的主要代表人物之一卡尔·罗杰斯（Carl Ransom Rogers）说过："当有人真正倾听你，不对你评头论足，不替你担惊受怕，也不想改变你，这感觉真好啊。"我希望他们在倾诉之后，能够有力量轻装前行。只要活着，只要不放弃，就与"他妈的命运"搏斗到底，就有故事可以继续诉说。

叶小果

2024年3月

目　录

蝴蝶之家

原本可以在蓝天下嬉闹奔跑的孩子们，与死亡和病痛抗争，

与他们相处的我，越是见证过病痛与死亡，

越会被生命的坚强震撼。————————————————*1*

无声之辩

我愿做聋人的耳，做哑人的嘴，

但我不想当"唯一"。

我希望，随着法治进步，

65 ———————— 能看到越来越多的聋哑人参与到社会生活当中。

生命摆渡人

作为一名专职器官捐献协调员，

我的使命就是在逝者和生者之间打开一条通道，

让逝者生命延续，让患者重现生机。————————— *131*

老兵回家

当我看到他回到家里和失散60多年的亲哥哥相拥而泣时，

我终于明白，"老兵回家"关注的不是战争的胜利与失败，

161 —————————————————— 而一定是人性。

浴火而歌

我们的梦想，是通过我们的努力让全中国的每个家庭都有一个"消

防员"。——————————————————————*179*

轮椅英雄

我的目的就是让更多人关注到无障碍设施的重要性，

199 ———————————— 是为了中国8000多万残障人士的权利和方便。

解忧热线

做这件事情，我就是不想让儿子的悲剧在其他人身上重演。—*217*

流浪动物之家

我救助过成千上万的流浪动物，

235 ———————————— 每只流浪动物都有一个悲惨的故事。

全家福拍摄团

很多全家福缺爸爸妈妈。

有时我会把狗也拍上，狗也算家庭的一员。——— **253**

不打烊书店

当夜幕降临，1200 bookshop希望在黑暗袭来后，

为这个城市提供一盏灯、一个落脚点，

269 ——— 也是一种安慰、一种庇护。

后记：我倾听，故我在 ——— **290**

蝴蝶之家

原本可以在蓝天下嬉闹奔跑的孩子们，与死亡和病痛抗争，与他们相处的我，越是见证过病痛与死亡，越会被生命的坚强震撼。

时间	2020 年 10 月 6 日
城市	长沙
讲述	符晓莉

我最早知道蝴蝶之家，是在 2012 年 6 月。

在那之前，我在陕西长大，在新疆工作，从事了 8 年英语教学及管理工作。我也曾经想要和我先生去贵州支教，但当时我们还没结婚，人家不允许一对准夫妇去同一所学校，而我们也不可能为了这个事情就盲目地结婚，所以我们放弃了去贵州的支教计划。

2010 年，我先生有个机会到长沙工作，于是我们一起来到长沙，不久后在这里结了婚。当时我的打算就是工作挣钱，买房子买车，过普通人的生活。

然后我去了一所私立大学做校长，结果做了一年半以后，我跟股东们在一些理念上不太契合，因为他们更追求赢利，而我更专注于教育科研。我对自己开玩笑说，我是不是不太适合挣钱。的确，每个月叠加的那种经济压力太大了。我就离开了学校，准备休息一下。

我先生是英国人，他在外国人的群里面认识了英国人古英俊（Alan Gould），了解到他们夫妇在长沙创办了国内第一家儿童临终关怀中心，名字叫"蝴蝶之家"。听说他们需要搬家，我先生对我说，反正你闲着没事，去给他们帮忙搬家呗。

搬家地点在长沙市第一社会福利院。我以前在学校里组织学生给福利院的孩子捐钱捐物，印象中福利院的孩子没有什么特别的状况。当时我对蝴蝶之家，什么都不知道，想着先去看看，反正只是一次搬家而已。去了蝴蝶之家，我第一次见到金林（Gould Lynda Catherine）老师和古先生，才发现那里的情况和想象中的很不一样。

我妈妈是儿科护士，我算是在医院里长大的，对生病的儿童已经有些认知和印象，但是蝴蝶之家让我非常诧异。我的诧异之一是，没有想到福利院里面还有一群身体这么不好的孩子，有些孩子插着呼吸机，有些孩子躺着不能动。我以前见过残疾的孩子，但没有想到会有孩子残疾得那么严重。

诧异之二是，金老师和她先生完全不会汉语，虽然机构里有一些外籍护士，但他们还是需要和一群湖南的老阿姨们沟通，我完全听不懂阿姨们的话，更加不知道金老师和她们怎么交流。这样子她们还能一起生活和工作吗？

诧异之三是，我以前听说外国的机构标准都挺高的，设施挺好的，可是眼前的环境和设施很简陋，办公地点在一座旧楼上。我记得很清楚，一个志愿者在几台洗衣机上搭了块木板，晚上就在那儿睡觉。

诧异之四是，家长们怎么这么心狠，孩子都病得这么重了，还能把孩子给抛弃啊。

所有的这些见闻和感受，让我很忐忑，心里是各种不解，不知道这是个什么样的机构、到底在做什么。我跟蝴蝶之家的主任聊了一会儿，得知蝴蝶之家只有一个正式的中方员工，就是她自己。

她说自己来到蝴蝶之家以后瘦了20斤。我随口说，哎呀，我做了一年半校长都没有瘦下来，要是有什么事情能让我瘦点也行啊。然后她说，无论怎么样，自己明天就不做了，还说："你来做吧！"

啊，太意外了。我只不过是临时打算来做个志愿者帮忙搬家。因为那座楼要装修，需要把东西搬到另一座很简陋的楼里面去，等到装修完，还得再搬回去。

当时，我不知道自己是不是适合到蝴蝶之家工作，但是心里懵懵懂懂地想着怎么帮帮这些孩子。她说："没关系，你做着试试吧。"

在另外一个房间，我跟金老师聊了起来。金老师向我介绍，1950年她出生在英国南部的德文郡。8岁那年，她看了由好莱坞女明星英格丽·褒曼主演的《六福客栈》（*The Inn of the Sixth Happiness*）。电影讲述的是20世纪初的真实故事：一名英国女佣来到中国山西阳城县扶贫济困，抗战爆发后，她带着100多名孤儿翻山越岭，徒步转往西安的安全地带——"儿童之家"。

女主人公救治孤残儿童的爱心和大无畏的精神感动了金老师。她说："从那时起我就决定，某一天，我也要到中国去做同样的事情。"

1970年，20岁的她成了一名护士，开始对疼痛缓解感兴趣，逐渐成为这方面的专家。她对成人临终关怀和儿童临终关怀非常关注。之后的35年里，她服务于英国公立医疗系统（NHS）下的皇家德文和埃克塞特医院（Royal Devon and Exeter Hospital）第一线。她曾担任护士主管和护理部领导，每天要统筹1000张病床的护理。此外，她还参与了很多"家庭病房"的临终护理。

1994年，金老师和她先生第一次来中国从事志愿者工作，拜访了几个地方的福利院。看到重病孩子们缺乏足够的护理，她感到震惊。自那以后，他们每年都来中国待上3周，去福利院学习如何跟当地政府打交道，理解福利院体制在中国是如何运行的，顺便掌握一点语言技巧，习惯中国的饮食。

在甘肃省兰州市一家孤儿院，她从事过儿童看护工作。1996年，她在河南省焦作市一家孤儿院见到一个患有脑瘤的3岁男孩，用药品帮助他缓解了症状。在做义工期间，她注意到重症儿童的生命质量堪忧，而国内并没有专业的儿童临终关怀服务，于是决定把英国的儿童临终关怀护理服务引进到中国。

2005年，她申请提前退休，然后做的第一件事是在英国注册成立了名为"中国孩子"的慈善基金会。第二年，夫妇俩带着在英国存下的积蓄和退休金来到中国，专门为自己取了中文名"古英俊"和"金林"，开始寻找合适的合作机构，期待能为重症儿童提供相关的舒缓护理服务，但总是遭到拒绝。

那时，临终关怀的观念在国内并不深入人心，而且他们作为外籍人士，要与地方取得合作更加艰难。2009年6月，他们辗转来到长沙，在广济桥附近租房住下。一位长期关注中国孤儿的外国朋友，帮他们和长沙市第一社会福利院及民政部门取得了联系。

经过考察、协商、回国筹款、装修场地等一系列工作，2010年4月8日，中国第一个儿童临终关怀中心——"蝴蝶之家"儿童临终关怀中心，以长沙市第一社会福利院下设机构的名义，在长沙市第一社会福利院幸福楼内成立。

金老师告诉我，在蝴蝶之家的筹备阶段，为了节省不必要的开支，他们亲自采购用品，粉刷墙面。

在创建蝴蝶之家的时候他们想了很多名字，最后选了一个在中英文化中都有着美好寓意的名字。她解释："蝴蝶是临终关怀很好的标志，蝴蝶象征着蜕变，是从卵到毛毛虫，最终成为美丽的蝴蝶的蜕变，代表着美、光明和拼搏，就像由死亡转向了一个不同的生活。无论什么样生命形式的变化，终究是幸福和令人慰藉的。"

在长沙市第一社会福利院的支持下，蝴蝶之家成立了，正式开展儿童舒缓及临终关怀的护理服务，接受从福利院转送过来的孤残儿童——孩子都在16岁以下，病情严重，预期寿命在6个月以内。

福利院的孩子会先送到本地医院做全面的身体检查，经医疗评估，有危重病及需要特别护理的孩子，就会送到蝴蝶之家护理。福利院为蝴蝶之家提供护理场地及每个孩子每个月800元的补助。蝴蝶之家接收了第一批共6名重症孤残儿童，孩子们的医疗费主要靠金老师夫妇的退休金和一些基金会与爱心企业的资助。那天，金老师对我说："我希望孩子们在生命的尽头，能够在'蝴蝶之家'得到温暖和关爱，有尊严地离开人世。""我们不能忽视'爱'

在临终关怀中的力量。我见过有些孩子得到最好的护理以及丰裕的食物然后好转，甚至康复。但如果没有人用心去爱他们，孩子很难从阴影中走出来。他们有权利在生命的每个过程受到关爱和照顾。"

了解了金老师的经历以及蝴蝶之家的创建过程，我觉得真的特别不容易。我看着简陋的设施，体会到背后凝聚了多么大的心血。她跟先生把大房子卖了，换成一个小房子，远涉重洋，举家搬迁到中国创办蝴蝶之家，那种大爱让我深受感动。

第二天，我继续帮忙搬家，但别的志愿者都没有再出现。就那样，我开始了在蝴蝶之家的工作。原来的那个主任，真的第二天就走了。本来金老师说她要留几天跟我交接工作，但她都没有来得及交接，只是说所有资料都在电脑里。

我面对的蝴蝶之家，处于一个旧工程重启的状态，我并没什么信心，不知道能够陪伴他们多久。但我认为，金老师老两口都能做得下来，那我们就一起努力一下，我尽自己的力量帮助他们，能帮多久就多久吧。

跟我以前做的教育行业相比，这一次的工作就像白手起家一样。当时我心里有一个挺大的落差——工资不高，完全不懂这个行业。做老师那么多年，我一直坚持自己得有一桶水才能教别人半桶水的原则，工作都是属于有备而来的状态，但是做这个工作，我完全没有任何准备。我甚至没有见过去世的人。

以前家里的老人和亲戚去世，包括最疼爱我的爷爷去世，还有一个我很喜欢的姨娘去世，家里人都不让我见最后一面。许多中国家庭都是这样的，认为那种场合对孩子不太好，我最心爱的几个亲人去世，我都没有见过，何况是陌生人，而且是孩子。当时，我自己也还没有孩子。所以这些情况都是我之前没有预料到的，是对我冲击比较大的情况。

意想不到的是，刚去蝴蝶之家没多久，我就第一次见到一个孩子去世，但我反而非常平静。那个孩子走得没有一点痛苦，像是在慢慢睡去。然后外籍护士为孩子清洗身体，本地的阿姨还是很怵那种情况，都觉得晦气，不愿意伸手。

外籍护士一个人没有办法清洗，需要别人帮助，但是她没法用英文跟阿姨们沟通，也不好意思。其实有的阿姨心里知道——就算你不用语言，我也知道你要让我干吗，就不愿意过去伸手。

因为我会外语，所以那个护士就跟我说，Naomi，你过来，帮我把孩子抱一下。那种语气好像是让我做一件再正常不过的事情，我没来得及反应，什么都没有想，就过去把孩子抱起来，看到有些褐色的液体从孩子的耳朵、鼻子、嘴边流出来。

孩子的身体还是软软的。我抱着她，觉得这是个很平静的小生命。护士为孩子清洗，我帮忙托着她的身体，最后帮她穿好衣服。

我从那个房间出来，站在走廊上，突然回想了一下，自己跟自己对话说：哎，这个不对呀，电影、电视上的情节跟这个不一样，小说里描写的恐惧、惊悚或者不安，其实不存在呀。我的内心竟然是这么平静，这是多么神奇的事情啊。

刚开始的确就是这样，各种不确定的情况，我迷迷茫茫，懵懵懂懂，不太清楚要做什么或者怎么做。我在电脑里搜索，挨个地去学原来的主任学过的东西。她真是一个仔细、认真、严谨的人，之前一个人做账目、做采购、做人事管理，安排给孩子们治病，非常不容易。她做了大量很细致的工作，我从她留下来的工作资料中收获了很多，也意识到自己的能力没有她强。还有，在跟金老师的相处和沟通中，我们有一些理念上的不一致，这让我不确定自己到底能够坚持多久。

我先生是独子，他的父母在英国，还有亲人在西班牙。在中国的传统节日比如春节，他都跟我的家人们在一起。每年夏天，我必须陪他回去看望他的父母。到了8月份，我们回了一趟英国，一直待到10月份。

在英国期间，我跟金老师保持着沟通，其实心里有些犹豫是否要回归蝴蝶之家。到11月份，我还是架不住金老师的劝说。我们又见面了，她希望我回去，在人员变动上给了我更多自主权。

很有趣的是，我一回去就当了主任，还担任法定代表人，被赋予最高的权利。实际上，在办公室我是唯一的领导，也是唯一的正式员工，还有一个临时的财务，平时不用坐班，另外护理员阿姨有七八个。

金老师在护理方面很专业，无论是医学理论还是儿科临床护理都很擅长。我自己在用人和搭建班子方面也算有些经验，但是仍面临很大的挑战。金老师给我的第一个任务是换掉临时的财务人员。同时，那些护理员阿姨，有的是退休人员，整体只有小学和初中文化，我不是很懂她们的语言。

以前我在学校里做管理工作，面对的都是知识分子，大家的话语体系是相似的，但是和护理员阿姨们相处，我当时不能进入她们的话语体系，不知道怎么样去跟她们进行良好的沟通。我不是那种从上而下的指挥型领导，更喜欢平等地沟通和合作。最初的时候，她们不适应我，我也不适应她们，彼此磨合得很艰难。

不过，我请的会计是个很厉害的本地小姑娘，给了我很多支持。她用锐利的言语把那些阿姨"刹"住了。经过不断的磨合和学习，我逐渐把行政团队建立起来，护理员阿姨们的队伍也不断扩大。

说到团队搭建方面，不管是护士还是阿姨，我们的每个工作岗位都有明确的职责守则，而且非常严格，完全符合英国同类机构的标准。不是我自夸，蝴蝶之家不是浪得虚名，我们有非常多的机构准则，而且非常细致。很多人说，你们的洁净标准都要超过医院的标准，更别提福利院的标准。很多医院、福利院还有上级部门来访时说，你们不像一个草根机构，你们做得太"高大上"。

在服务内容和形式上，我们以护理员与儿童3：1的照护比例，保证为重症儿童提供"身、心、灵"各层面的需求。我很认同金老师说的，这些孩子和正常孩子一样有着对生命的热爱，对美好生活的憧憬。不一样的是，他们可能不会长大，还得随时和死神做抗争。

每个护理员阿姨在入职前，都会接受两天培训。每隔半年，全部阿姨都要再受一次"集训"。训练材料中关于喂牛奶的姿势一项就有三行字。甚至有一项培训是，阿姨们要蒙着眼睛相互喂食，以体验被喂养的感觉。

因为每个孩子都有病症，我们每天要分时段给他们量体温，按病情喂药并登记。比如，护士每天早上负责配药、给药，护理员的工作则要准确到几点做什么、每天要做哪些事情，每一项完成后要画钩。食物量根据孩子年龄、病情来定，吃什么和牛奶量、喂食量每天都需要仔细分配。为孩子喂药、喂饭必须准时，不能等孩子哭了饿了才喂，奶粉和水必须按1∶30的比例调配。做饭的阿姨有专门的食谱，洗衣服的阿姨也有固定的工作安排，清洁阿姨有固定的工作流程。不同区域用什么样的洗洁精，哪儿能用84消毒液，哪些地方不能用，都是有严格标准和规定的。就算是抱孩子的简单动作，金老师也有规定：要双眼直视，用手抚摸、按摩，并且有语言交流，一定要给孩子最大的舒适感和亲近感。

每个孩子有自己的药品篮，还有自己的药品夹，就像病历一样，每天的输入输出表记录吃喝和排泄情况，还有发烧的表格、按摩的次数表（几点到几点按摩）、呕吐的次数表、抽搐的次数表，都需要填写。有的孩子有特殊饮食的，也需要单独填表。还有个总表，登记了当天的全部状况，要求阿姨记录，然后护士检查，护理主管再检查，最后行政人员核查。当孩子被送往医院，这些如辞典一般厚重的日常生活记录，就会成为重要的病历资料。

有人问为什么要这样严格？金老师说："因为我们关

心生命的质量，胜于关心生命的长度。孩子们没法活太久，每一天对他们来说都很重要。"

早期的时候，有些人来访时说，你们这儿太讲究啦。比如擦手有擦手纸，各处的用纸和用量都是不一样的。这么听起来就知道，我们的管理运作方式非常规范化，很多来学习的机构都说我们的标准非常高。其实这都是源于细化的规章制度和守则，大家严格来执行，才能保证把孩子照顾好。

最初，我也觉得规章制度特别多，很复杂。我最早的工作任务之一就是把英国的相关规章制度翻译成中文，结果发现自己不仅沉迷于翻译，更沉迷于制定很多的规章制度。在管理的过程中，我发现工作越细化，越能把员工的工作职责要求到位，大家都按照规章制度走，不牵扯领导对谁有意见之类的事情，做事就越容易。

我印象很深的是，金老师刚开始带我去检查时，总会摸门框上面是否有灰尘。我跟在金老师后面说，门框上有灰尘，有什么关系呢？她说有灰尘就是不干净。那些清洁阿姨都说金老师就像严苛的婆婆一样，其他人就是一群听话的媳妇，如果做不好就要被说。后来，我被金老师训练，也变成了"严苛的婆婆"。

现代临终关怀服务起源于50多年前。1967年，英国一位女士西西里·桑德斯在伦敦创办圣克里斯托弗宁养院（St. Christopher's Hospice），开创了临终关怀服务的先河。1987年，国内成立第一家临终关怀机构，然而过了好多年，临终关怀服务并没有在中国遍地开花。而且这样的服务，多是针对成年人尤其是老人，很少有人意识到，进入生命最后阶段的孩子也需要专业的临终关怀服务。

蝴蝶之家最初的很多援助支持来自国外的机构。其实并不是因为创始人是外国人，才有很多国外机构捐款，而是因为对这种服务的理念，国外的认知更深。中国人基本上都不了解什么是临终关怀，不知道我们在做什么，所以无法给予我们更多的支持。

2013年，我们迎来一个契机：在南京一所国际外国语学校工作的一名加拿大女士了解到蝴蝶之家的故事，就联系我们合作。她周围有很多的外资企业和国际学校，期待在南京本地建立蝴蝶之家。金老师也期望"蝴蝶之家"制造出"蝴蝶效应"，可以照顾更多的孩子。

那名加拿大女士知道我们在福利院内设立机构，也想和南京的福利院合作。我们全力支持她，一起找到南京儿童福利院，经过协调，当年11月，中国第二家"蝴蝶之家"——蝴蝶之家儿童安护中心在南京成立。这个名字是我起的。

我们当时的全称是"蝴蝶之家儿童临终关怀中心"，南京那个福利院院长很担心，说这样的名字很不适合推广，于是我建议叫安护中心，还请了香港的团队进行团队搭建和培训。两年以后，捐赠方世茂集团全面接管，把机构更名为南京世茂彩虹重症儿童安护中心，我们就没再介入。

其实这个过程中有两个插曲。一是2013年底，金老师的先生患了眼疾，需要回英国治疗。当时我们一起共事才一年多，他们就要走了，我说那我该怎么做，我还有很多知识不知道，人还没有招齐。金老师给我留下一句话：实在不行的话还是关了吧，把孩子们送回福利院。

我一听这句话，感情上特别矛盾。她其实没别的意思，但我觉得外国人都能照顾好这些孩子，我一个中国人更是有义不容辞的责任，一定要把这个事情继续下去。虽然自己也不确定，但我必须硬着头皮往下做。后来，金老师她们还时常回到中国来看望蝴蝶之家的孩子们。

另一个插曲是在2014年，我们收到一笔最大的捐赠50万元，在捐赠仪式上，我作为金老师的翻译站在旁边，她用英语说："我很高兴终于有中国的企业来帮助中国的慈善机构了。"这句话，我完全没办法直接翻译。她说的时候是无心的，但我觉得不太舒服，最后这么翻译："非常感谢我们终于有这么大笔的捐赠来自企业。"

不管如何，我已经看到蝴蝶之家慢慢进入发展的上升期，而在与孩子相处的日子里，我也能清晰地感受到自己在孩子影响下的成长。

蝴蝶之家内部设有20个床位。孩子们患有脑瘫、脑积水、败血症、器官衰竭、脑室周围白质软化、癫痫、重度营养不良、重度贫血、眼盲、极度早产等不同程度的复杂性疾病。原本可以在蓝天下嬉闹奔跑的孩子们，插着鼻胃管躺在床上扭动着身体，与死亡和病痛抗争，与他们相处的我，越是见证过病痛与死亡，越会被生命的坚强震撼。

一名叫子子的孩子，来到蝴蝶之家时吓到了所有人：他的背部呈倒U形，完全没办法进食。护士们看着他的样子，又心疼又可怜。子子患有严重的脑瘫，大家都觉得他大概连一个月都撑不下去。护士们给他插上鼻胃管，一点点地喂流质食物，希望能给长期身体抽搐、扭曲变形的他补充一点营养。在护士们精心呵护下，子子不仅活过了一个月，半年后他那倒U形的身体也直立起来了，一岁的时候可以坐上轮椅移动了，甚至可以咿咿呀呀学说话。"娭毑"（湖南方言，是对年老妇女的尊称），是子子对这个世界说的第一个词。

有个叫弘弘的孩子病情危急，在最危险的一天里，他连着5次进了蝴蝶之家的"特殊护理病房"。第5次抢救时，弘弘嘴唇乌青，医生打开他的口腔，发现他的舌根已经向后萎缩。医生表示，要随时做好告别的准备。我们差点要放弃了，只是在等一个答案，就是弘弘自己还想不想继续坚持下去。其实，他想活下去，我们能感受得到，他的眼睛一直看着我们，流出的泪水不是在眼睛里打转的，是大滴大滴掉出来的，好像在说"救救我"。后面的3个月里，弘弘又多次陷入危险，但最终都坚持了下来。后来他的状态特别好，变胖了，活泼了，还是和以前一样爱笑。

悠悠来到蝴蝶之家时，还不到1岁，患有脑积水，因为脑部状况复杂，除了定期复查之外，他常常因为突发情况入院。悠悠因为突发呕吐、抽搐，进过两次ICU。他的左边身体发育不太协调，但右边身体活动能力很好。他喜欢跟人玩耍，喜欢抢其他孩子的玩具，拿到自己右手边，再放到嘴里咬。有一次，悠悠嘴唇发白，血压极速升高，突发抽搐和休克。工作人员在医护室进行紧急处理后，推着轮椅，带着氧气袋，快速将悠悠转移到了附近的脑科医院急救。经过几小时的抢救，虚弱的悠悠脱离了生命危险。

军海刚来的时候，三天没吃一口饭，连喝水都需要两三个人帮助。从吃饭上厕所开始，护士和护理员阿姨把每个动作拆解开来训练他。比如教他"舀"这个动作,"舀"被拆分成两个动作,先拿勺子"插"下去,再"提"起来。一开始需要人抓着他的手腕帮他,后来抓他的手臂,再只是碰他一下,最后就完全不碰,让他自己完成这个动作。"舀"这个动作他花一个多月学会了。

很长一段时间里,军海走路跟跄不稳,后来他身上逐渐发生了很大的变化。除了脑损伤引起的一系列障碍及自闭症之外,他的智力水平在提高,他懂得了更多表达和沟通的方式,情绪管理也好了很多。他喜欢身体接触,如果有熟悉的人在身边,他会主动张开双臂说"抱抱"。拥抱的时候,他甚至会直接搂住护理员阿姨的脖子,将双腿盘到人家腰上。轻轻拍他的时候,他也会轻轻拍对方,没人拍他的时候,他会背着手,自己拍自己。军海特别喜欢洗澡,有时没看住他,他上完厕所,就会自己爬到浴盆里,拍打着盆底残留的清水。

随着年龄增长和身体状况的恢复,他已不太适合继续留在没有玩伴的环境里。工作人员曾为军海报过收养手续,但因军海后续仍需要进行矫正和治疗,需要接受更加专业的教育和康复训练,收养就成了一件比较有难度的事。在孩子们当中,他逐渐成了"大哥哥",也是蝴蝶之家为数不多的可以自由行走的孩子。

慷慷来到蝴蝶之家时也不到1岁,有的阿姨小声嘀咕："这孩子长得真像电视上的外星人。"因为严重的脑积水，他的脑袋长成了一个倒三角形，脑门就像用保鲜膜裹着的一个水袋，可以清楚看到里边的积液从左边晃到右边。脑积水也使他头部的重量超过了整个躯体的重量，双眼向上翻着布满血丝，眼球被压迫到只剩下眼白，他当时对外界几乎失去了反应。我抱起他时，明显感到脑袋要比身体重很多，带他去医院治疗，医生判定他活不过半年。每次去医院治疗都需要两个阿姨一起陪着，一个抱着他的头，一个抱住他的身体。

经过一段时间的观察和护理，我们顶着巨大的经济压力，将慷慷送到上海儿童医学中心进行脑脊液分流手术，让他的头部体积没有继续异常增长，脑压得到有效控制，他可以自由翻身。因颅压伤害到了视觉神经，慷慷的视力不好，但他的听力比其他孩子敏锐，能通过声音分辨出不同的护理人员。他喜欢独自躺在床上或安全椅上，耳边播放不同类型的音乐，最早爱听儿歌，然后到流行音乐，再到纯音乐，后来是小说甚至评书……听厌了，觉得烦了，他便会哭闹，但当护理员阿姨换了新的播放器放到他耳边时，他会瞬间安静下来。每次看到他听着音乐晃动身体的样子，我们都笑得合不拢嘴。他好像有个自己的小世界，在里面，他和正常的小朋友一样幸福健康地生活。

秋秋是一名先天性视力障碍的孩子，眼球发育不良，眼睛周围有很多增生组织和脓块。原本医生认为他患有眼癌，突然有一天，我们发现他的四肢功能逐渐退化，肌肉发育不良，无法行走，才知道他患的是脑蛋白质萎缩，这是一种无法逆转的基因性疾病。以前大家都夸赞他是最可爱的宝宝，但他丧失了四肢功能和感官功能，无法再对护士们的抚摸做出回应，大家都非常心疼。我们得知上海有一家专门帮助盲童行走和学习的机构，于是把秋秋送去。他的情况逐渐变好，能够行走奔跑，能够大笑，但过了一段时间，他突然开始产生痉挛，无法进食，并且无法治疗，只好回到蝴蝶之家。过了一年、两年……直至如今，在护士们的呵护下，秋秋仍然在蝴蝶之家坚强地生活着。

小宝贝罗南（Ronan）在一个寒冷的下午来到蝴蝶之家，快5个月大的他看起来好像只有几周大，只能穿不满3个月婴儿的衣服，身体上布满了医疗注射后的针孔，看得出来他在医院里住过一段时间。我们给他做全身检查时，他小心翼翼地注视着我们，因为营养不良和严重脱水而显得精疲力竭，脸上露出一种让人怜惜的神情。他根本没有力气用奶瓶吃饱小肚子，我们为他插了一个鼻胃管，这样能帮助他更快地增加体重并适应口部的吮吸。

后来护士试着用奶瓶给罗南喂食，他很容易学会了吸奶嘴，眼睛直直地盯着奶瓶。慢慢地，他身上留下的针孔痕迹消失了。护理员阿姨每次去逗他笑，碰到他的脸时，他就咯咯地笑个不停。我们发现他不仅脸颊怕痒，肚子也非常怕痒。他来到蝴蝶之家的第一个星期就胖了近1斤，很快就可以在活动区域躺着，和我们互动。他也喜欢和其他孩子待在一起。随着慢慢长大，他变得强壮了，更开心了，更可爱了。

对于蝴蝶之家里被判定生命所剩无几的孩子们，我们知道他们前面的路不一定很长，重要的是他们活着的每一天都有意义，都能享受到活着的美好，我们都能陪伴着他们向前走。尽管他们的身体疾病总让人非常揪心，但他们和所有人一样，拥有快乐、被关怀、被宠爱的权利。

和孩子们相处久了，我们有时会忘了他们有什么不一样。他们因为不幸，有着不同于大部分"正常人"的身体形态和生命周期，需要更专业的照料。同时，他们也像健康的同龄人一样对世界充满好奇，在看、在听、在触摸、在感受这个世界。我们每天跟他们在一起，每天跟他们接触，在我们的印象中，他们都已经是正常的孩子了。

他们一次次用活下去的渴望，让我对生命心生敬畏。那么小的孩子，那么弱小的生命，他们都那么努力地想要多活一天，我们又有什么过不去的坎儿，有什么资格不去努力呢？可以说，我们都在向死而生，死是背景，是孩子们来到蝴蝶之家的原因，是他们或将面对的命运，而生不仅仅是生命的长度，还有它的质量和意义。

"每一个孩子的生命都是有价值的，不管生命是长是短或是否为社会做出贡献；每一个孩子都应该被爱、被关怀，以及在爱和尊严中离开。"这句贴在金老师办公桌前的话，是蝴蝶之家的价值观。我们也经常说，其实每个孩子都是值得被爱的，只是人们不了解他，认为嘴角往上扬才叫笑。不一定。可能他给一点反应，就是表示开心。有的时候他可能没有回应，但不代表他听不到，不代表他不开心。对我们来说，他们的笑可能是各种各样的表情，哪怕是指头动一动。

有一个孩子，他全身只有屁股能动，别的地方不能动。他用屁股蹭一蹭，就表示很开心。有时我故意逗他，说不许动，但他还是用屁股蹭一蹭，就是想给出一种回应。或许他不能像我们一样在脸部做出一个表情，可是他那样的反应，在我们的眼里跟正常人没有什么太大的区别，都是特别可爱的，都是值得爱的。只不过，他被爱的那一个点，需要用心和爱去发现。对这些孩子来说，他们知道的可能没有健康的孩子那么多，但是他们有不同的回应方式，有另外一种可爱。

大多数人习惯性地认为大眼睛、高鼻梁才是美的标准，或者说孩子爱笑就可爱，肉嘟嘟的就可爱。其实衡量可爱的标志可能很多，这些孩子和别人互动的方式也有很多，如果大家都能用不同的角度去感受、去发现、去认同他们的不同，就能看到他们的可爱之处，也就知道每个孩子都值得被爱。如果不能认同别人的不同，可能别人也无法认同你的不同。我觉得，与其说是我在帮他们，不如说他们也教会了我很多。

有一位护理员阿姨说过："曾经我想过要离开这里，可每次想走的时候，又会忍不住想留下来陪陪孩子们，我想，自己对他们的关爱，能够创造奇迹。每一个奇迹，每个孩子的欢声笑语，都让我打消想走的念头，继续和孩子们在一起。"

不得不说，有时候爱真的是很神奇的力量，能创造奇迹。由于我们的精心照顾，很多孩子都打破了医学魔咒，顽强地活着。蝴蝶之家见证过太多奇迹，也正是这些生命奇迹，让我们每次在犹豫徘徊时找到坚持下去的动力。

每当来访者进入蝴蝶之家，我们会要求他洗手消毒3分钟，并在衣服外面套上消毒过的双面围裙。来访者推开幸福楼二楼的玻璃门，耳畔就会回响着轻柔的音乐声，映入眼帘的是一面"蝴蝶墙"。纸蝴蝶上面贴着每一位在蝴蝶之家生活过的孩子的照片，还有他们寓意美好的名字。

蝴蝶墙上还有手绘的彩虹，将蝴蝶划分在不同区域：

彩虹上面的蝴蝶代表已经离开的孩子；彩虹上落着的蝴蝶代表已经被收养的孩子；彩虹下的蝴蝶代表恢复良好，转回福利院，还没有被收养的孩子；下方的大蘑菇上落着的蝴蝶代表我们正在照顾的孩子。这样分区和设计，就是不想让人觉得太感伤，但是又有纪念意义，让大家知道每个在蝴蝶之家生活过的孩子都是我们最珍爱的宝贝。

蝴蝶之家的面积不太大，但布置温馨，由专业护理室、功能活动室、面谈室以及孩子游戏区、保育室、恒温箱房组成，配备全套专业的医疗设备及常用器材。刚开始，蝴蝶之家的护士都是外籍的，后来才有中国护士加入，所以一些用品上保留着英文标签。

走进孩子们的房间，颜色有温馨的粉红和清新的浅绿，里面放着各种不同的玩具。柔软的沙发、干净的地垫，都是供孩子们玩耍的地方。每个房间排列着9张小床、几张安全座椅和2张沙发。每一位孩子都有一张属于自己的小床。房间四壁张贴着颜色各异的蝴蝶剪贴画。

儿童活动室也是一个色彩斑斓的世界，像一个儿童乐园。一大块由各种颜色的布拼接的不规则布幔挂在天花板上，好像一块倒置的充气垫。各色方格垫子铺成的地板上摆放着泡泡池、小火车滑梯、秋千……四面的墙壁贴满了儿童画作。这里本来是我们的杂物间，但古先生发现，孩子们没有活动的场地，于是就自己动手改造起来。在这里，他们可以暂时抛开病痛，释放孩子的天性。

活动室外面的走廊上方，一缕缕蓝色的碎布垂下来，还有纸板做的蓝色"热带鱼"，那是古先生布置的一处小景——"海底世界"。

还有晾衣房、配餐室和盥洗室。为了尽可能利用空间，每个房间被间隔成10平方米大小，这是金老师和古先生亲自设计改造的。配餐室里，孩子们的饮食和药物使用都有详细的标注。盥洗室中一整排地挂着每个孩子印着卡通图案的小毛巾和沐浴用品，每条毛巾旁边都贴着它的主人的照片。盥洗室的操作台被改造成两个并排的微缩版浴缸，每个都只有约1米长。每天孩子们会被抱上去，接受冲洗和按摩。盥洗室门外的壁橱上，几十个小药箱整齐地垒着，是每个孩子专属的药箱，上面标注着每天服用的药物和次数，还有药物的服用方式，比如需要捣碎或者雾化。

另外，蝴蝶之家配备专门的感官康复室，护士会对不同的孩子进行感官康复训练，让孩子们渐渐获得安全感。甚至，有些孩子是在护理阿姨的怀抱中离开的。蝴蝶之家还有一间特别护理室，备有3张床专门照顾病情特别严重的儿童和新生儿。

这里的孩子，中文名字都姓"龙"，隐含着"龙的传人"的含义。在蝴蝶之家，孩子们是最重要的，我们愿意把最好的东西给他们。孩子们使用的椅子都是量身定制的，就是为了带给孩子最好的体验。相比起来，我们的办公室反而显得有些破旧。他们已经被家庭抛弃了，我们怎么舍得不给他们最好的呢？

我们的标准，是一切都按尽可能令人舒服的方式去布置，给孩子们打造一个舒适的家。对孩子们来讲，蝴蝶之家就是他们的家。除了营造温馨、适合儿童的环境，照护也是关键。每个孩子至少有4个护理员，护理员分为2班，24小时不间断地专职照顾孩子。一个护理员最多只能照顾3个孩子，这样就能保证每个孩子都受到足够关注。我们用的是妈妈照顾孩子的标准去照护他们。

很多孩子刚到蝴蝶之家的时候，眼睛没有光彩，浑身紧绷，再加上病痛的折磨，很瘦的脸上多是惊恐、绝望，甚至是没有求生欲望的。几乎每一个孩子来到蝴蝶之家后，都先由专业的护士对孩子的情况做初步诊断并制定出初步的护理计划，然后他们在护理员的怀抱里度过最初的一段时间，护理员们甚至通宵达旦地照顾他们。他们在蝴蝶之家待了一段时间后，眼睛会变得亮堂，偶尔会露出小小的微笑。只有这种真诚耐心的发自内心的爱护，才会让孩子们重新找回安全感。

在蝴蝶之家，最常听到的就是大家赞美每个孩子，发现每个孩子身上的不同闪光点：你的头发好漂亮，你长得好漂亮或者真帅啊，你的皮肤好光滑啊，你笑起来真好看，诸如此类。就这样，被遗弃的孩子们能够重新被尊重和肯定。

这里的一切，都是爱的展现。

蝴蝶之家的孩子们虽然身患重病，但总有自己的幸福时刻。生日，对他们来说是最闪耀的日子。在那一天，孩子们、大人们都围绕着小寿星，一起唱生日歌，切蛋糕，送给他生日祝福和生日礼物。生日流程也许比较简单，然而没有父母陪伴的他们在那一刻也能感受到家庭的温暖。

有时我们会到福利院外面去为孩子们办生日会，也挺有意思。对孩子们来说，每一次出行都非常不容易，出行前一周护士和护理员阿姨们就得开始给每个孩子准备好轮椅、背带，还有当天的衣服、帽子以及奶粉、纸尿裤等。从普通人的角度来看，带着孩子去逛超市，去"海底世界"游玩都是再应该不过的事，可是我们带孩子们去"海底世界"的时候，就会引来很多的围观和指点。

我觉得这是因为大众对这个群体的了解太少了。为什么他们不能去呢？就因为他们有肢体残疾吗？他们没有传染病，也不会给公众带来任何的麻烦。可能有些人认为这对公众视觉产生了冲击，比如有些孩子患病导致脑袋比较大。但如果大家对他们有足够了解的话，就不会觉得他们有什么不同之处。只要身体条件可以，他们应该像其他人一样外出游玩。因而，我们会想办法带孩子去各种地方，让他们感受不同的生活，感受每一天生活的美好，给他们一个活下去的希望，要不然活着的动力从哪里来？

毕竟，孩子不像成人那样有很多的牵挂和更多活下去的动力。孩子的要求不多，如果我们能够尽可能给他提供更好的照顾和更多的关爱，为什么不呢？对孩子来说，今天让他舔一下棒棒糖，他可能就惦记着这件事，想着明天是不是还能舔一口呢？我们曾经准备带脑瘫的孩子去肯德基玩，结果那天下雨了去不了，他就显得不开心。孩子的生命很短暂，他们对世界的了解也不多，所以他们的牵挂也比较少，让他们过好每一天，甚至过好每一刻，这就够了，这就是他们能够感受的幸福，也是我们付出的意义。大家可能只是从表象上看，不解地说，哎哟，还弄了这么多花样。那说明我们做得还不够，我们还应该为孩子们做得更多。

正如蝴蝶墙上的命运分布，蝴蝶之家的每个孩子最终将走上不同的路。对于活下来的孩子，再好的护理和照顾，也不及一个真正爱他们的家庭。

每年，蝴蝶之家都有孩子成功被世界各地的人收养。

孩子被收养前，福利院会刊发信息，并在报纸上贴出孩子的照片，寻找他们的亲生父母，看他们是否想要把孩子领回家。不过，父母回应的情况很少。如果亲生父母没有出现，孩子就进入领养程序。当孩子被收养时，蝴蝶之家会给他准备一本纪念册和一个小行李箱，将他喜欢的玩具放到行李箱里，负责照顾他的阿姨也会给他写一封信。

蝴蝶之家接收的第一个孩子小颜，自2009年12月26日出生后，就被遗弃在福利院门口。被送到蝴蝶之家的时候，小颜右眼中长着两颗花生米大小的肉瘤，几乎遮住了大半个眼球。她患有戈尔登哈尔综合征（又名小儿眼-耳-脊椎发育异常综合征），是一种五官发育畸形的先天性缺陷。去医院治疗时，医生表示，孩子的情况非常危险，小小的肉瘤就像两颗大炸弹，随时会爆裂，危及生命。可能是感受过孤单的恐惧，小颜非常依赖护理员阿姨们。她喜欢有人陪伴，一个人玩玩具的时候，也时刻注意身边，害怕护理员们离开。发现自己落单了，她就会"嘤嘤"地哼，然后伸手要抱。看到护理员抱别的孩子，她还会吃醋。

这么可爱的生命，我们对她更加关爱，不断在国内外寻找合适的医疗机构，希望能进行治疗。幸运的是，澳大利亚的一家医院给她进行了手术，一对荷兰的夫妻愿意收养小颜。虽然孩子可能还是要带病生存，但她完全可以进入一个家庭，像正常的孩子一样生活。

两岁多的女孩纱纱成功被一对美国夫妇领养，她是蝴蝶之家至今唯一可以讲话、行走并能正常沟通的孩子。她出生时患有先天肛门闭锁，进行过三次造瘘手术帮助排泄，逐渐痊愈康复，但需要进行长期的排便训练以适应人造肛门。除此之外，纱纱患有斜颈，刚来蝴蝶之家时非常严重，护理员阿姨每天给她按摩，后来她的颈部得到了纠正。

她的智力算是正常的，她认识蝴蝶之家的每个工作人员，并能叫出名字。有人跟她打招呼，她便会歪着脑袋，挤出一个怯生生却又不失礼貌的标准微笑。她甚至记得所有办公室员工的英文名，会主动跟大家说"Hello""Bye bye"。纱纱拥有独立的行为能力和强烈的沟通意识，这让她成为蝴蝶之家的小太阳。她常常串门玩耍，遇到同房间的孩子不舒服、哭闹的时候，她会模仿护理员阿姨们的做法，小心翼翼地跑过去，将手放在他们的脸颊上，轻轻抚摸。

领养纱纱的那对美国父母之前在蝴蝶之家领养过一对男孩，那对男孩同样患有先天肛门闭锁，因此他们知道怎样更好地护理纱纱。后来那两个男孩长大了，能够上学，会做各种运动，过上了令人难以想象的丰富生活。和纱纱分别的那天早上，我们给她扎了漂亮的辫子，喂她吃鸡蛋，她把蛋黄含在嘴里，迟迟不愿吞咽，似乎感觉到自己即将离开，变得没有安全感，精神很紧张，嘴里一直念叨着"回家"，还大声喊"妈妈，妈妈！"护理员阿姨们和她告别后尽快进屋，不忍让她经历纠结的过程太久，也尽量不让她过多地依赖，这样她就会更快接受新生活。纱纱离开了蝴蝶之家，我们相信她的未来充满无限可能。

恩恩患有复杂的先天性心脏病，发育迟缓，而且体重非常轻，呼吸道疾病反复发作。福利院工作人员曾带他到处就诊，医院都不收他，说难以治愈。他被送到蝴蝶之家后，我们仍旧没放弃，为他寻找生机。他看起来很娇气，娇滴滴的，病情反复了很多次，嘴唇经常发紫，我们怀疑他可能活不了很久，天天像养小猫一样养着他。最后，苏州的一家医院愿意尝试为他做手术。恩恩的求生意志非常强烈，在手术台上挺过几个难关。

他是我特别喜爱的一个孩子，非常聪明，每次我靠近他，他就说"晓莉阿姨抱"。如果我有事要走开，没有抱他的话，等我回来要抱他时，他就转头不要抱了。经过一段时间恢复，恩恩基本痊愈，身体发育逐渐恢复，体重增加了，性格越来越活泼。

恩恩是一个坚强的孩子，后来被一个美国家庭收养了。那个家庭的爸爸妈妈特别爱他，收养的时候，在长沙住了一周以后把他带过来，他见到我们就哭。那个爸爸说自己做了各种猜想，认为孩子毕竟是孤儿，担心孩子可能不适应新的生活，但没想到恩恩很快叫他"Daddy"，所以他们非常感谢蝴蝶之家对孩子的照顾，决定继续用恩恩原来的中英文名字来纪念蝴蝶之家。恩恩在纽约开始了新的人生，接受教育，享受亲情，爸爸妈妈送他去中文学校，希望他记住自己是中国人。我的办公室里保留了一张恩恩的照片：他有一头顺滑乌黑的头发，眼睛又大又亮，笑的时候能隐隐看到酒窝，仿佛不曾经历坎坷。

沫沫是个命运多舛的孩子，出生时体重不到两斤，还有脑部损伤，被父母遗弃了。在我们的精心照料下，她幸运地活了下来。9个月后，她被长沙一户家庭收养，后来却因为家庭变故，在2岁半时被送回福利院。她患有严重的自闭症，50项自闭症指标里有47项属于中度及以上，而且因为长期缺乏运动，她连最矮的台阶都上不了。之后的一年多时间里，志愿者和护理员们坚持陪她散步、做康复训练，每周带她去医院接受专业治疗。终于有一天，沫沫迈过了三四厘米的台阶。两年后，她的病情明显好转，50项自闭症指标里只有3项属于中度及以上。她开始露出笑脸，愿意和小朋友接触。5岁的时候，沫沫能流利地背诵近60首唐诗和完整的三字经。后来，她也被爱心家庭收养，开始了全新的生活。

当孩子被收养走的时候，我们总会有些难过。明明知道是好事，最好的结果就是孩子被收养，但我们有多疼爱他们，对他们的这种离开就有多舍不得。有些孩子被收养之后还会跟我们有一些联系，一些国外的家庭到圣诞节的时候会给我们寄礼物和孩子的照片，还会提供捐助。然而有些时候，我们会想这些照顾了那么久的孩子，以后还有没有机会再见？

刚去蝴蝶之家的前几年，我在自我学习、寻找答案的过程中总存在着一个很大的迷惑。当时我们的中文名称叫临终关怀护理中心，英文文字叫Palliative Care。我从英文的意思理解，palliative这个词是舒缓、缓和的意思。如果是临终关怀的话，应该叫end-of-life care。

作为一个非医学专业背景的人，我还去查找和学习了关于安宁疗护、安乐死、缓和医疗等有关的知识。实际上国内并没有太多的相关资料，我最初就是通过维基百科去查，金老师所谓的临终关怀护理到底是什么，我们正在做的服务是什么。

我逐渐认为蝴蝶之家做的并不算是临终关怀的服务，我们的一些孩子也不是临终的孩子，而且，我们在工作的过程中也遭遇到很多捐助人质疑，说这样的名字让他们感觉非常不好。那该怎么解释我们这样的服务呢？

我跟金老师讨论过，她说中国人不懂什么是palliative care，所以就要用end-of-life care刺激一下，让人们觉醒，不然大家可能意识不到还有这样一群孩子。

我半信半疑，抱着疑惑，继续寻找答案。我发现在我国港台地区，我们做的服务叫缓和医疗或者舒缓医疗。但10年前在中国内地，还几乎没有人这样讲，我就慢慢地学习，越来越确定我们的服务就是舒缓护理或者缓和医疗。

其实，这也不能叫医疗，因为我们没有从医学上进行疗愈，而是以护理的形式给孩子们关怀和照顾。虽然蝴蝶之家也会做一些医疗的工作，但是疗和护是分开的，可能在护的过程中有疗的效果，但疗并不是护理的最终目标。我们真正的医疗需求是交给医院去做的，所以我觉得我们的工作并非严格意义上的医疗服务，而算是在护理服务的范畴里。

经过不断的探索和感悟，我觉得自己接纳"临终关怀"这个名称、接纳这群人都花了这么久，如果要让外行人更快地了解我们的工作，就肯定不能用"临终关怀"的说法。虽然金老师说要用"临终关怀"的说法来刺激中国人，让更多人了解，但我觉得这不是一条捷径，而可能是误导。我甚至去跟一些专家学者讨论，最后发现包括临终关怀服务在内的"舒缓护理"这个词是最合适的，更符合palliative的意思。

关于舒缓护理的概念，最早出现的是拉丁文palliate，可追溯至14世纪晚期。1990年，世界卫生组织（WHO）首次提出舒缓护理的概念，并在2004年扩充了其内涵，将儿童舒缓护理描述为"对儿童的身体、思维和精神的积极全面护理，以及向家庭提供支持的手段"。

按照这样的理解，我劝了金老师很久，通过多次举证去说服她。终于在2016年，我们把中文名字"临终护理中心"改成了"舒缓护理中心"。

关于金老师创办蝴蝶之家的初衷，她的梦想很大，说要让中国家庭零抛弃，所以我们要在更多的福利院里面做这样的服务。最早的时候，我还不懂这方面的知识，觉得金老师非常专业，她说的都对，而我只是一个追随者，被她影响着，跟在她后面支持她。后来我渐渐地觉得有些不对。

比如南京曾经因为设立了"婴儿安全岛"，不少外地父母"慕名而来"遗弃孩子，被抛弃的孩子一下子增多，让福利院不堪重负，引发了社会热议。婴儿安全岛的设立初衷是给那些被父母遗弃的小生命"生的机会"。没想到，安全岛反而成了少数父母逃避责任的好出口。对这个现象我有过反思：如果福利院的服务做得这么好，家庭不就更理所当然地抛弃孩子吗？这不是在变相鼓励家庭遗弃孩子吗？

这样思考后，我除了更改蝴蝶之家的中文名称，还意识到国内很多医院的医生、护士都不了解儿童舒缓护理服务。大概在2015年，我得到一个信息，大部分的儿童医院在治疗的过程中可能会给孩子用止痛药，但是一些晚期儿童患者出院后都没有止痛药，那他们该怎么样去面对医生说的"好吃好喝过剩下的生活"呢？这是很可怕的。

据我们所知，在一些病症的后期，孩子是很痛的。这是一个很现实且难以面对的问题。背后的原因，是一些政策规定医院不能够开止痛药。这样一来，不光是医生、护士会忽视孩子的感受，大部分普通人也觉得孩子生病就应该忍着痛，吃药、打针、化疗也应该忍着痛。虽然大家普遍这样认为，但是这不对嘛。这样的思想观念亟待解决。

还有很多类似的有关儿童舒缓护理的观念问题。究竟怎么样才能扭转普通人和专业人士的思想观念？我们就在想，为什么不把大家都凝聚到一起？与其单打独斗，为什么大家不形成一个网络体系一起来学习呢？经过讨论，我们希望办一场全国性的论坛会议。

从2015年开始，我们连续在长沙、上海和北京举办每年一届的中国儿童舒缓护理（临终关怀）国际研讨会，与各地医院的医生交流，进行国内现况分析和探讨；我们同时在2015年推动了国内儿童舒缓疗护医疗协作组的成立。我们参照了英国的一些经验，听起来很国际化，不过最重要的是我们想和更多的专业人士研讨，让他们都了解一下这方面的知识。如果他们都不了解这些知识的话，受助的家庭更无法了解。如果医生都不知道这些止痛的需求，家庭如何知道孩子需要止痛，又从哪能取得止痛的药物资源和护理支持呢？

我们开展第一届儿童舒缓护理研讨会的想法很单纯——先给儿童福利院、儿童医院的人"洗脑"。没有想到的是，长沙、北京、杭州、苏州、上海的好多家医院都来参加，共同讨论怎样能够推动这个事情。当时会议办得比较简单，但是反响很好。湖南省儿童医院的麻醉师们都表示愿意参加第二届。他们说不知道自己除了手术麻醉之外还可以做别的工作。当收到很多医生、护士的积极反馈时，我们觉得这个事情值得继续做下去。

在2015年年底，我参加央视《社区英雄》公益节目的拍摄，赢得了30万元公益基金的奖励。我的第一个念头是觉得30万元挺多的，可以办个课堂培训一批护士，但是真正想做的时候，发现30万元根本就不够。那怎么办呢？干脆拍摄一个视频吧，把国内正在做儿童舒缓护理这方面服务的机构都拍进去。

对这个点子，我跟金老师的意见是非常一致的。我们之前从来没有想过自己做宣传，这次希望通过这个片子让大家了解儿童舒缓护理是什么。曾经我们和一家儿医中心合作的时候，也提出过拍摄视频的创意。结果他们说，领导讲话占多少分钟就出多少钱。我觉得这样的话片子就变成了一个机构的宣传和推广，背离了我们的初衷。那倒不如我们出钱，自己决定需要哪部分内容，需要谁出镜。

基本上，我们是从医生、护士、社工和家庭的角度拍摄的，在故事的讲法方面掌握了主动权，希望能把儿童舒缓护理这个事情讲出来，不专门介绍某个机构，不做成商业型视频，只要能让更多人去了解儿童舒缓护理这件事就好了。

拍摄的过程中有很多花絮，我带着摄制组，包括一个导演和三个摄影师，跑了北京、上海、长沙、南京、香港5个地方，每个地方都要拍一天多。那个导演曾经在中央电视台采访过我，最后被我成功"洗脑"成儿童舒缓护理的志愿者了。他在拍摄前不知道儿童舒缓护理到底是怎么回事，所以拍摄时全凭着我的讲述和我的意向进行拍摄和素材整理，剪辑时我们一起商量。要在一个片子中呈现自己的想法也是很不容易的。

我们拍摄的其他机构都是服务于家庭的，孩子不愿意出镜，我们也尊重和理解，所以整个片子里出镜的所有孩子都是蝴蝶之家的。我们的阿姨也参与了，金老师以国外专家的身份出镜。社工也是个很重要的角色。最终的片子虽然不是很完美，但是基本上达到了我们期待的目标，就是从一个普通人的角度看，片子能够让大家理解什么是儿童舒缓护理服务。很多看过那个视频的人说，里面拍了其他机构的"广告"，但没有蝴蝶之家自己的"广告"，没有关系，这跟我们的想法是一致的——没有必要宣传自己。

我们拍摄的这部国内首部中英文儿童舒缓护理的公益短片，获得了2017中国公益节创新奖。这个片子也是国际上第一部中英文双语的儿童舒缓护理宣传片，国际儿童舒缓护理组织（ICPCN）还把片子作为中文宣传片收在官网上进行推广。

此外，我们也尝试做更多的呈现，比如动画片、绘本、戏剧表演，目的还是希望这些重绝症残疾孩子能够受到更多的关注。我注意到国外的儿童节目里，经常能看到推着轮椅的孩子、患白化病的孩子、患唐氏综合征的孩子。最初看的时候我很不理解，包括我第一次去英国经常见到残疾的孩子，我先生开玩笑说你不会觉得我们英国1/5的人口都是残疾人吧。后来我才意识到，他们的整个社会对残疾人非常包容，比如残疾的孩子能自己到社区买东西，大家完全不会看第二眼，或者他们在沙滩上游玩，完全不惧别人的眼光，周围也没有人会对他们投去异样的眼光。可见他们社会不光是从硬件设施上对这群人提供方便，而且在理念倡导方面也下了特别多的功夫，大家才对这群人有了平视或重视。

ICPCN将每年10月第二个周五定为世界儿童临终关怀日，也就是"帽子日"，在全世界范围内传播儿童舒缓护理的理念，倡导关注重症青少年儿童。近几年，我们每年都会举办"帽子日"公益活动，虽然耗神耗力，但是很有趣。我们在这一天联合一些学校和其他机构，号召大家都带上帽子，通过这个活动鼓励更多的人了解儿童舒缓护理服务，支持有重症孩子的家庭。

在所有的死亡面前，孩子的死亡最难直视。死亡，也是蝴蝶之家难以回避的话题。随着医疗技术的进步，很多疾病都不再是不治之症。但医学仍然有极限，疾病会带来躯体痛苦和精神折磨，是无法避免的事实。有一些孩子，还未来得及经历丰富的人生，没有对死亡进行成熟的认知，甚至无法去表达自己的需求和感受，连长大的机会都没有。

玛莎患有严重的肝病，在6个月大时，肝脏已硬化，腹腔内都是积水。她是在福利院门口被发现的，从皮肤和头发的干净程度来看，她被遗弃没多久。可能是父母得知女儿得了不治之症，万不得已才把她留在这里的。经过诊断后，她被带到了蝴蝶之家。之后几天里，护士每天都为玛莎把腹腔内的肝腹水引流出来，并让护理员每时每刻把她抱在怀里，给她唱儿歌。

玛莎因为疼痛而不吃不喝，我们就想办法在牛奶中加入一点点果汁，试图引起她的兴趣。6个月大的孩子，本该开始感知这个世界，对家里的物品、声音、气味都会变得好奇。他们的安全感应该来源于家人每天的拥抱、抚摸、喂食、嬉戏和微笑。但生命对于玛莎却是一种负担，充满了痛苦和失望。一周后，玛莎的内脏开始出血，眼神开始涣散。最后的日子还是来临了。在金老师的怀抱中，玛莎的哭声渐渐微弱下来，心脏停止了跳动，直到身体逐渐变得冰冷，一旁的护工们也泣不成声。

婕婕是个严重脑瘫的孩子，对别人没有太多的反应，但是她开心的时候，脸部肌肉会抽搐起来，我们就能知道她很开心。最初她身上满是褥疮，没什么头发，眼睛是浑浊的，很没神，几乎不动。我们都在她眼前晃动手指，看她是不是盲童、视力怎么样，却发现她明显是被抛弃的孩子，已经很久没有被疼爱，也已经不习惯和别人交流。后来我们给她读故事，她慢慢地认识我们，开始了解我们，眼睛明亮了起来，会随着我们转动，喜欢观察四周。她的头发也慢慢地茂密起来，惹得阿姨们忍不住总想变着花样给她梳不同的发型，然后给她穿上漂亮的衣服，推着小推车带她下楼呼吸新鲜的空气。听故事时，她也会笑了，但是一笑她就抽搐，而且她总有很多的痰。过生日的时候，她喜欢舔棒棒糖，眼睛会笑成小月牙那样。每次看到她的状况，我都感慨挺不容易的。

我特别喜欢婕婕。人嘛，都有私心，每隔一两年，会有几个孩子特别招人爱，虽然他们都有这样那样的问题。那天早晨刚起床，护士在群里面给我发信息，说婕婕走了，离开得很平静。我心里咯噔了一下，只是感叹，唉，还挺好的，她没有受到痛苦。我也挺坚强的，没有掉眼泪。然后我刷牙洗脸，回到了办公室。要是在以前，我一打开办公室的窗户就能看到婕婕坐在对面房间的窗户旁，她会冲我笑，我们就会打个招呼。前一天，她坐在窗台旁，我问她在做什么。她看着我，但没法说出来。婕婕走的那天，我说今天不能打开窗户，因为婕婕不在了。但对面的窗户突然打开了，一个护理员阿姨跟我说："符主任，婕婕走了。"腾地一下，我没绷住，眼泪流下来了。

最早的时候，每次有孩子离开时，我都尽量绷住。因为要是我都哭了，那阿姨们怎么办？所以无论怎么样都得忍过去，把她们安顿好。并且我还得边开玩笑边对阿姨们说，你看你还有两个孩子要照顾呢，你不能分心了。就这样，每次安慰完她们，我自个儿回到办公室去偷偷抹一把眼泪，接着该干吗就干吗。

关于这方面，我们有个小诀窍。每个孩子有一个英文名和一个中文名，我们一般说孩子中文名的时候就容易绷不住。每个孩子在我们心里就好像是一座小阁楼，他们的中文名就是开门的钥匙。跟他们玩的时候，大家会习惯叫他们的中文名，而我们在办公室里一般用英文名聊孩子的情况，这会方便一些。相对而言，我们说他的英文名时，可以切换到工作的模式，比如聊他吃什么药，他最近的体重多少，怎么样给他找医院治病，给他买什么轮椅，等等。

往常我下班的时候总喜欢去孩子们的房间溜一圈，去看一下他们怎么样，然后再回家。有一次，我看到一个孩子，虽然我从来没有医疗经验，我妈妈也没有传授过，但我看那个孩子的样子，凭直觉就知道他快不行了。我马上出去找护士，护士过来后，果真说那孩子不行了。每个小生命离开的事实都在教我，死亡就是生命中再自然不过的过程，是必然要去面对的事情。当然，话虽然是这么说的，但我总不能确定下一次遇到同样的情况自己会怎么样。

可可是个重度脑积水的孩子，头看起来非常大，身体却枯瘦如柴，比例很不协调。他被送去医院，医生也没有办法。因为病情实在严重，可可回到蝴蝶之家接受舒缓护理，这也意味着他的生命已经走到最后一站。随着脑中的积水不断增多，颅内高压会导致整个头部非常疼痛。可可每天都很痛苦，有时候会用手拍打自己的头，不断呻吟。护士给他用药镇痛，他还是会痛得发出"啊、啊"的声音，表达自己正遭受疾病的折磨。他的哭声很响亮，整层楼都能听得见，我们能做的，就是将可可抱着，抚摸安慰，希望能缓解他的痛苦。在最后的一段日子，可可很难受，我们为他加油，夸他是个好孩子。最终，可可是在护理员阿姨的怀里离开的，温暖柔软的身体渐渐冰冷。

孩子临终时，身体一般会有一些变化，比如变瘦、食欲变差、频发痉挛，甚至出血。但是也有许多变故毫无征兆，一些患有心脏病、脑瘫等先天性疾病的孩子们上一秒可能还活蹦乱跳，下一秒就会进入临终的状态。我们的神经高度紧张，随时要准备接受最坏的可能。

生命的长度可能不会再延长，但我们可以尽量不留遗憾，去拓展生命的宽度。如果孩子注定要离去，我们应该以一种不留遗憾的方式在他身边，陪他走完最后一程。

我记得金老师讲过一个4岁孩子的故事。孩子被送到蝴蝶之家时已经病危，每天都哭着找妈妈，拒绝所有人的拥抱，也不愿与人亲近。几天后，那个孩子去世了。所以我就想，如果那时有阿姨能像妈妈一样给孩子安慰，一切会不会变得不一样？

这个反思被我们放进了蝴蝶之家对护理员阿姨的培训里——这份工作不仅仅是护理，阿姨们也不仅仅是护理员阿姨，对于这些临终的孤儿来说，她们更像妈妈，一个拥抱，一次发自内心的关怀，都可能带给她们面前的孩子足以支撑生命的意义。

有的这个安静的独立房间里，护理员阿姨或是护士会一直抱着孩子，给孩子唱歌、放音乐，呼唤他们的名字鼓励他们活下去。有时什么都不做，只是轻轻摸着孩子的手或者抱着他，直到他们慢慢地停止呼吸。

当孩子真正离去，在殡仪馆工作人员到来之前，护理员阿姨会把孩子的身体清洗干净，给他们穿上干净漂亮的衣服，尿布上不留尿渍，裹上那种有蝴蝶图案的布单，把每天陪伴孩子的玩偶放在他们身边，告诉他们"你是最乖的宝宝"，让每个孩子都有尊严地离去。

对有的孩子来说，离开可能是一种身体上的解脱，但是活着的人其实很难释怀孩子的离开。最早的时候，我们有员工因为爱的孩子离开了而受不了，不想再去面对更多的不舍，所以不得不离开蝴蝶之家。对蝴蝶之家的工作人员来说，学会告别，是艰难而重要的一课。

为了缅怀孩子，也为了安慰我们自己，孩子去世以后，我们都会做一场追思会。我们采取自愿原则参加追思会，参加的人员一般都是护理过孩子的阿姨，还有对孩子有感情的员工。在追思会上，孩子生前的照片被悬挂在会场周围，照料过孩子的护理员阿姨会和我们围坐一起。很多阿姨对孩子的不舍是无处安放的，我们要考虑怎么样调节她们的情绪、疏导她们的哀伤。比如在气球上写上孩子的名字，然后放走气球，表达我们对孩子的哀思，可是后来发现这样不环保，而且有时气球会在楼上被挂住，本来出发点挺好的，结果弄得啼笑皆非，不那么完美。后来，我们一直采用最简单的方式，就是大家点着蜡烛，在音乐声中诉说对孩子的思念。

我们每个人点亮一根蜡烛，烛光一点点聚合。然后大家倾诉关于孩子生前的回忆，有好的也有不好的，阿姨们通常讲着讲着就哭起来。每个人都把自己想说的话倾诉出来，对孩子的不舍和遗憾，只能在这样的场域里由我们这一群人共同分享，也许有哭，也许有笑，重要的是在那一刻大家都能产生共鸣。每个人轮流讲完以后，其他人可以再补充。

追思会中的情绪不限于哀伤，有人会开起玩笑，还有人自言自语："你怎么也不告诉我一声就走了。"有的时候我能控制情绪，有的时候也绷不住。有些护理员阿姨说："他哭起来整层楼都能听见，有时候我也会听得心烦意乱，总是希望他不要哭。现在他去了另一个世界，我却好想念他的哭声，好想再听听他的哭声。"有人看到挂在房间里的照片说："看你的小眼睛亮晶晶的，你当初多淘气，老吐到我身上。"这样边埋怨边哭，也是非常感人的瞬间。

追思会的最后，大家表达对孩子的祝福，与孩子好好告别。其实好好告别并不是一件容易的事。刚开始阿姨们都不知道怎么表达对孩子的思念，但祝福的时候突然就会说很多话，比如"我希望他好好长大，在天堂里找个女朋友"。有的阿姨会编一个故事，说你和谁谁谁，两人爱一起玩，现在你俩在一起了，希望她是你的女朋友。

这样的追思，我们不会有刻意的要求，无论是祝福还是诉说回忆都可以，只要有这样一个突破口，让大家将情感抒发出来就好。让含蓄的东方人表达自己很不容易，倒不如用这种最简单、最朴素的方式。

"希望孩子在天国没有遗弃和悲伤，一路走好！"祝福之后，吹灭蜡烛，追思会的仪式就结束了。然后，蝴蝶之家照片墙上孩子的照片会移到象征着逝去的区域。我们感觉这样的效果还不错，比较环保，又能寄托哀思，大部分阿姨的感受都很好，起码是暂时放下了心里的哀痛。

孩子去世时，我们也会接触到他的家人。一位知道孩子即将离开世界的妈妈，找到蝴蝶之家，提出了两个请求：一是让孩子没有痛苦地离开，二是捐献孩子的器官，延续另一个孩子的生命。她在失去孩子的痛苦中，还能用对孩子的爱继续去爱这个世界。还有的家庭捐献了原本为孩子筹集的治病费用，他们的孩子没能等到用那笔钱延续生命，就离开了世界，那么他们把钱捐出来，支持其他还有可能活下去的孩子。这样的行为，让我对他们肃然起敬。

曾经我有很多梦想，想过当记者，想去环游世界，也想过当律师，上大学的时候做过主持人和广播员。我梦想去过形形色色的生活，经历和感悟一些不同的人生，见识更精彩的世界。回过头来思索这些梦想，可能是因为自己喜欢学习，也希望在不同的阶段成就不同的自己。

我当英语老师的时候很努力，学生英语成绩都挺好，全校能拿英语奥赛高分的都是我的学生，但是流动红旗、卫生评比那些，我的班级就不行。我老说学生们都是我自己的孩子，从另外一个角度可以说明我做一行爱一行，是一个对自己选择的事情负责任到底的人。

自从加入蝴蝶之家，我每天从早上工作到晚上，别的同事们交接班以后，自己才会下班。甚至到2015年7月我生孩子前一天，也是像"严苛的婆婆"那样盯着同事们把孩子们照顾好。

那时，这份工作带给我最大的阴影就是担心自己的孩子有先天性的问题。得知自己怀孕后，我瞒了我先生4个月才告诉他，我爸妈和周围的人也是4个月以后才知道。我担心自己是高龄产妇，或者有什么意外，我也见过很多先天残疾的孩子，不希望让别人承受很多的压力。那年圣诞节我告诉我先生，说这是你的圣诞节礼物。他当时说我这么久了才告诉他，像我这样的人思想真强大。

生孩子前一天下班后回家，我预计当天晚上会有征兆，就让我先生早点休息，然后给金老师发信息，说明天早会不参加了，我可能要生孩子了。第二天早上七八点，我带着先生一起去医院。因为他是外国人，什么都搞不清楚，我只好自己到楼上去检查。医生说你都开到六指了，还在外面晃啥，还不去生产？

下楼后，我带着先生到住院部，下午2点把孩子生了，3天后我们就回家了。那段时间，我们接进来一个孩子，患有非常严重的脑积水，至少需要10万元治疗费用。突然间哪来那么多钱？所以我们必须尽快给孩子筹钱。我很操心这件事，甚至没有跟我妈说已经生完孩子了，因为我害怕我妈会让我在家坐月子禁止我出门。

当时只有一个阿姨给我做饭，我先生负责给孩子换尿布，我就投入筹款活动。我先生安排了他的一群外国朋友，穿上奇装异服，在步行街附近宣传，给蝴蝶之家筹钱，我抱着孩子在旁边做志愿者。当时我想，我不仅没坐月子，还抱着刚出生几天的孩子在外面晃，这事要让我妈知道了，那还了得？

比较幸运的是，我们短短几天内就筹了几万元，后来陆陆续续地在网上筹款，没过多久就把钱筹够了，顺利安排孩子去做手术治疗。我根本没有时间坐月子。一个月以后，我才让我妈来长沙，告诉她我请了月嫂，让她别担心。后来她知道了实情，说怎么还有这种不靠谱的人。我朋友也说，只有我这么心大的人能做出来这样的事。

这种事听起来挺奇葩的，其实还行，一切都在我的掌握之中。生孩子之前，我学了有关的课程，书上讲每一天应该做什么，我都认真地看。但是，这样的行为，别人不能模仿，毕竟还是太危险，但也说明我还不算娇气。而且我很幸运，孩子很健康。

"Keep calm and carry on." 我一直很喜欢英国前首相丘吉尔的这句话，意思是保持镇定，无论事情的结果怎么样，都继续努力。我也很信奉 "Problem is challenge, Challenge is chance"，这句话是说问题就是挑战，挑战就是机会。这两句话算是一种动力，我自己特别受用，它们鼓励着我不断往前走，哪怕遇到困难，也要保持镇定，负责到底。

我很荣幸遇到了很多愿意和我一起往前努力的人，别人形容这个事情是事业，我觉得更是我的志业。虽然我不会玩游戏，但是我知道，就像一路升级打怪，我希望和有共同梦想的人一起尽自己的力量，推动这份志业落地。

2017年7月7日，我们举办了第三届中国儿童临终舒缓护理国际论坛研讨会。当天，热衷慈善和公益的英国王室成员安妮公主访问蝴蝶之家并出席了研讨会。安妮公主的来访虽然在我们的意料之内，因为我们知道英国王室很重视慈善，但是安妮公主真正到来时，他们所做的细致安排以及她留给我的印象还是让我很意外。

王室先遣团提前和我们沟通各种细节，问我们需要什么协助，希望促成哪些事情等。下午2点15分，安妮公主的礼车稳稳地停在预定位置，她下车后与大家寒暄，很从容风趣。她身材高挑，身穿橘色套裙，态度非常谦和，非常真诚，戴着手套和我们握手。走进蝴蝶之家时，我在前面带路，她走路速度非常快。进入房间后，里面坐着的人们忘记起立，我当时很紧张，想提醒大家起立，她拍了拍我的肩膀，表示让我不要那么紧张。虽然这只是一个很小的动作，但是我能感到她非常照顾每个人的情绪，而且那种手势语言让大家明白，别把她当作很重要的人看待。她很温和地点点头，跟大家打着招呼就坐下来了，没有一点架子。

安妮公主跟我们说，你们很不容易。她摘下手套，进入孩子们的房间，看望孩子们，非常有爱心。看到病情严重的孤残儿童在蝴蝶之家受到了专业的护理与妥善的照料，她动情地说："我很荣幸来到湖南，很高兴看到这里有如此多政策和措施支持重症儿童和他们的家庭。"她还在探访者登记本上签了她的名字，为孩子们加油，鼓励孩子们拾起生命的希望。

走出蝴蝶之家时，安妮公主在门口专门跟我们握手说："不好意思，打扰到你们的生活了。"我感觉她真的很谦虚低调，也很贴心。后来我们还知道，安妮公主是个非常节约的人，她那天穿的那套裙子10年前就穿过。

安妮公主的来访，促成了我们和湖南省儿童医院、湘雅医院签署儿童临终舒缓护理合作协议，双方通过示范、合作、倡导及培训的方式促进国内的儿童舒缓护理及临终关怀服务的推广，并实现中国大陆首家中英共建儿童舒缓护理门诊在湖南省儿童医院开诊。

距离那次访问过去74天后，安妮公主从英国给我们寄来了一封感谢信。她表示很开心能有机会来到让她印象深刻的蝴蝶之家："正是你们让这些孩子的生命从此变得不同。"她还再次感谢我们的热情接待，希望我们"在今后的工作中取得更多的成功"。

回想起来，真是难以置信，我们仅有几个人的小团队，只用了3个月时间筹备，居然组织了整整一天的大型论坛会议和接待英国王室来访。安妮公主的访问是蝴蝶之家的一大幸事。我很荣幸，参与和见证了整个过程，这件事让我看到蝴蝶之家有了新的契机继续往前走，也鞭策我需要学习得更多，需要做的也更多了。

一年又一年，孩子们来了又去，蝴蝶墙上孩子们的照片越来越多。到现在为止我们护理过的孤残重绝症孩子总共214名，得到临终关怀的孩子有114名，38名孩子被家庭收养，其中最小的刚出生，最大的17岁。蝴蝶之家接收的孩子，存活率达46.7%。我们当初那个小小的团队已经发展到43人，其中行政人员6名，护理员阿姨30多名，有10名阿姨已经在蝴蝶之家工作10年，算是非常难得的。

蝴蝶之家的发展虽然慢了点，但最重要的是我们前进的每一步都很稳。近几年，我们从英国引进了儿童舒缓护理的部分医疗培训资料和ICPCN组织的免费线上课程的教学资料，并在上海儿童医学中心专家们的协助下完成了这些资料的中文翻译工作。我们和湖南省儿童医院合作开设"舒缓护理"门诊，建立"蝴蝶之翼"护理培训基地。

为了给医疗专业领域注入专业的护理知识并为有需要的家庭带去专业的医疗支持，我们推出了"蝴蝶展翼"儿童舒缓护理服务护理培训及工作坊。此外，我们开展了"蝴蝶振翅"儿童舒缓护理生命关怀教育，为社团、学校及社区普及生命教育。

据WHO估算，在中国每年大约有450万的孩子需要舒缓护理，150万的孩子需要临终关怀。一般来说，从孩子被诊断出患有不能治愈的疾病那一刻开始，他们需要的就是舒缓护理服务。到生命最后的6个月，孩子需要的可能就是临终关怀。

在亚洲，日本率先将舒缓护理纳入了医保。目前我国台湾地区的舒缓治疗水平在亚洲也处于领先地位，在中国大陆，虽然儿童舒缓护理和临终关怀存在认知、专业人员及资金投入等问题，但与前几年相比，对儿童舒缓护理和临终关怀服务的认识、推动已经进步了很多，不过仍然任重道远。

真正实现儿童舒缓护理和临终关怀的理想模式，应该是全方位、全员化、全程化的"三全"服务。其中"全员"不只局限于孤残重绝症的孩子，还要关怀孩子身处的家庭；"全程"则应该是在孩子病情被发现时，就马上接入服务，有希望治愈的孩子获得舒缓护理服务后，继续进行治疗，难以治愈的孩子则获得临终关怀服务，在生命最后一程，获得平静和尊严，最后离去。

记得那次获得《社区英雄》的奖励后，我一边接到大家恭喜我的电话，另外一边接到家庭的求助电话，让我一边高兴一边流泪。这种家庭求助的电话，我接到过很多。有一年过年的时候，我爸妈在做年夜饭，然后我在房间里悄悄地接求助电话。很多时候接到的求助电话，都会拐弯抹角，说他有个朋友或者兄弟家里有个孩子。当他们越讲越仔细，我就知道那一定不是别人家的孩子。他们都会问，你们那里收孩子吗？我说不能收，只能收福利院的孤儿。他们一般就接着说，那么孩子变成孤儿，你们收吗？

这样的话，让我怎么回答呢？所以我每次只能回避，尽量鼓励他们说，你们很勇敢，没有抛弃自己的孩子，都很伟大。有时我觉得蝴蝶之家已经有一些小小的成绩，但是接到那么多的家庭求助，我却帮不到他们，就会感到非常心痛。

至于我们和湖南省儿童医院合作开设的"舒缓护理"门诊，当为求助家庭的孩子诊断之后，只能将孩子送到ICU。但ICU空间有限，只能支持四五个家庭。孩子在ICU，父母是不允许进去的，所以每次我们进去提供舒缓护理服务时，都能看到孩子身上插了许多针管，而亲人都不在身边，这并不能真正实现我们理想中的舒缓护理服务，还是有很多的遗憾。

全国肿瘤登记中心有数据显示，中国每年新增3万—4万名儿童肿瘤患者。由于发病突然、症状急重、治疗痛苦、花费高昂还难痊愈，儿童血液肿瘤类疾病非常凶险。一个现实情况是，治愈率、好转率、病死率是评价国内医院临床服务的重要质量指标，然而三甲医院床位紧张，儿童医院更是如此，因此，宝贵的医疗资源非常紧缺。当被医院告知无法继续治疗孩子时，父母只能把孩子带回家。在生命临终阶段，孩子的身心痛苦、父母的痛苦，再没人能给出专业医疗和心理支持，这些孩子的病痛和心理问题，以及家长的心理问题，会更加严重。

在拍摄前面提到的儿童舒缓护理宣传片的时候，我们找到了一名深圳患儿的母亲，她接受过香港癌病基金会的指导服务。帮我联系到她的是我们第一届论坛会议的护理专家，也是在香港癌病基金会做儿童舒缓护理的资深护士林国嬿女士。林国嬿从事临终关怀20多年，多年前在香港的儿童癌病基金会首创香港儿童舒缓服务。

采访那个母亲，我的感受很深。她家的孩子在一岁多去世了，她先生因为孩子生病离开了她。谈及往事的时候，她仍然非常难过。当时林国嬿的团队给了她很多支持。她说："当时我自己跟妈妈在照顾孩子，内地没有儿童舒缓护理的服务。先生离开后，我举目无亲，要独自去面对孩子去世的现实，真的很艰难。"这一句话，让我至今都很难忘。

她的孩子在香港出生，可以自由在内地和香港间来往，所以她求助于香港癌病基金会。之后，她感到自己不再是孤单的一个人在支撑了，虽然最后孩子还是离开了，但她和林国嬿还保持着联系。

后来我们邀请林国嬿加入蝴蝶之家，担任服务发展总监。我就知道了这种指导叫哀伤辅导。其实我们说的舒缓护理，不仅仅是对孩子进行身体疼痛的舒缓，还包括对孩子心灵的支持、对孩子家庭的支持。所以我们说舒缓护理最有力的支持就是对希望的支持。

患有疾病但不可治愈的孩子，在生命最后的阶段往往身心痛苦。有的在ICU各种冷冰冰的设备包围中离世；有的被劝离医院，再无人提供专业医疗支持，父母无助地看着孩子陷入病痛，直至孩子离去。但是有一个专业团队一直在陪伴和支持着，孩子能玩的玩了，能吃的也吃了，一起欢笑着度过最后的时光。即使有一天孩子离开了，家长还是心安的，不会负疚地活着；父母也可能不会因此而分开，就算分开了，还是能坦然面对彼此。

这种专业的哀伤辅导是非常有必要的。当孩子活着的时候，给孩子被爱的希望、被支持的希望，让他获得更好的生活状态。孩子离开以后，我认为最难的就是活着的人，毕竟孩子离开了就解脱了，但是活着的人没有办法安然面对这种离开。对于最终无法被治愈的孩子，舒缓治疗中的哀伤辅导可以让他在生命的最后时间少些痛苦，更有尊严地离世，也能让家属对孩子的离去更少些哀伤。

我们带着孩子们到外面举办生日会或者游玩时，有人说你们为这些孩子搞这个、搞那个，至于吗？说句不好听的话，我们中国人给去世的人送花圈，撒些食物，那么去世的人能拿到这些东西吗？肯定拿不到，但做这些事情能让活着的人心里踏实。同样，我们带孩子出去，孩子们能完全感受到我们的心意吗？不一定，但至少他们的父母心安。很多事情，我们为什么要等到孩子走了再做呢？我们带孩子去玩，给孩子们一点乐子，也给活着的人一些乐子。我们把孩子照顾好了，当有一天他们离去了，我们心里也不会感到亏欠。

我最早去英国的时候，看到那些坐着轮椅的孩子脸上画着彩绘，甚至插着鼻胃管在打水仗，多危险哪！而且孩子能看到自己的脸绘吗？后来我明白了，没关系呀，就是要让他们开心。喜欢打水仗就打，别怕弄湿衣服，只要他们开心就好。孩子可能做不了很多事，但带他出去看看绿树、看看红花，可能他就会开心，他的父母也开心。我们所做的一切，不也是为了让活着的人心安吗？这其实就是一种希望。

在我看来，儿童舒缓护理和临终关怀是一个带去希望的服务，因为有希望，受助的父母才有动力活下去，有动力面对对方、面对余下的生活。这个服务和老人的舒缓护理和临终关怀不一样，因为大家更容易接受老人的离世，但对于儿童，父母更难面对、更自责内疚，总觉得舍不得、放不下。

很多父母在孩子离开之后常常问为什么：为什么孩子有病？为什么我会生下这样的孩子？为什么这种事会发生在我的家庭？其实父母也需要寻找孩子生命的意义。

我们在"舒缓护理"门诊开展咨询和服务时，遇到很让人同情的情况是，很多父母不知道怎么样去面对自己的哀伤，只能选择压抑和沉默，时间长了，人都变麻木了，但这样对他们自己和家庭都很不利。其实很多这样的家庭没有被关注到，有的时候，父母比那些孩子更可怜，尤其是如果家庭里只有一个孩子，那么孩子患病或离世真的是对这个家庭的毁灭性打击。如果有我们这样的专业服务提前介入的话，家长就能得到支持和希望，会知道孩子生病、死亡也有意义，会倾诉，会哭泣，从而能够更好地接纳现实，更积极地面对后面的生活。

按照协议，蝴蝶之家只能接收福利院的孩子。但我有一个新的梦想，希望可以走出蝴蝶之家这个大本营，不仅服务福利院里的孤残重绝症儿童，还为更多家庭提供专业的居家儿童舒缓护理和临终关怀服务支持。

我已经做了很多的调研，准备第一步先做社区护理站，培训出高素质的护理人员，然后逐步复制到全国，让更多人了解儿童舒缓护理服务，同时服务社区内有需求的家庭。第二步是搭建国内的儿童舒缓护理平台，联合其他的专业服务机构，把各自的力量凝聚起来，互相学习，共享资源，走更少的弯路更快地发展起来，推动儿童舒缓护理领域的进步。毕竟，这是"我们中国人自己的事"，虽然目标可能很遥远，但是脚步不能停，值得我们不断努力。

以前的我喜欢徒步、骑自行车、爬山、打羽毛球、游泳、跳舞、看书、看电影、画画等，如今这些兴趣爱好都变成了带孩子、工作和学习。我不仅参加了深圳公益学院的培训，也经常走访别的机构，还抽空学习课程，而且越学越觉得不够，越应该多学点。我相信什么时候开始努力都不晚，很欣赏那种活到老、学到老的人，并期待自己能够成为那样的人。

儿童舒缓护理进入中国，发展到现在，我是第一见证人，也算是国内从事儿童舒缓护理最久的人之一。从进入蝴蝶之家起，我慢慢认知儿童舒缓护理，不断花更多的心思，尽力把这个事情做好。从刚开始的不服气、不甘心，到逐渐做得还不错，有人认可，前来求助的人也越来越多，但我感觉做得还不够，肩上的担子更重了，也希望召集更多人抱团前进。这个事情可能看不到立竿见影的功效，但是我有责任和信心继续做下去。回顾我曾见证的这些变化，也是我对自己的一次剖析和沉淀，对于大部分中国人来说可能会有点启发和借鉴意义。

　　在蝴蝶之家里的十年一晃而过，现在的我常对孩子们祈祷："今天你幸福着就好。""Present is present."这也是我喜欢的一句话，意思是"当下就是礼物"，启示我们应该珍惜当下，脚踏实地，向前出发，心怀未来。

　　这是我们在蝴蝶之家教给孩子们的，也是他们教给我们的。

无声之辩

我愿做聋人的耳，做哑人的嘴，但我不想当「唯一」。我希望，随着法治进步，能看到越来越多的聋哑人参与到社会生活当中。

时间	2021年4月1日
城市	重庆
讲述	唐帅

请你先猜一个问题的答案：全国绝大多数的聋哑人对我的称呼是什么？

唐律师？不是。

直呼名字唐帅？不是。

那是什么呢？是一个很响亮、很牛掰的名字 —— 唐法师。

为什么会有这样的一个称谓呢？这足以反映出国内聋哑人法律知识淡薄的程度。

我从2012年开始做律师，更具体地说是一名手语律师。我的初心是利用自己的双手，为全国约3000万聋哑人普法，让他们能够认识法律、熟悉法律，最终敬畏法律、遵守法律，并且能够运用法律。

2018年，发生了一起轰动全国的非法吸收巨额资金案，全国各省市几乎没有一个地方的聋哑人幸免。但是在重庆市大渡口区，没有一个聋哑人被骗，因为这里是我普法最多的地方。

那起案件，在我办理过的案件当中不算多么特别，只能说是犯罪金额最大。但是，推进立案和打击犯罪的过程，是最难的。

2018年1月，有一天凌晨，我正在熬夜加班，2点到6点，短短4个小时里，手机上的两个微信号很快被"挤爆了"——来自全国四面八方的陌生人添加我为好友，接着我又被新添加的好友拉进各种各样的微信群。微信上的好友申请列表，怎么都拖不到底。我很震惊，脑袋一阵阵发蒙。

我在微信群里询问之后，发现他们都是一起全国聋哑人"庞氏骗局"案的受害者。很多聋哑人把自己的房子卖掉，或者将房子抵押变现。更有甚者，部分聋哑人用信用卡套现的钱进行所谓的"投资"。

也许是因为听说我是中国唯一一名会手语的律师，那些聋哑人觉得看到一些希望，才争相添加我的微信。我完全没想到，仅凭微信上的短暂了解，自己能得到那么多聋哑人的信任。震惊之余，我意识到问题很严重，就丝毫不敢懈怠，赶紧在视频中用手语与一些聋哑人受害者沟通，了解案件的有关细节。对案件了解得越细致，我越是感到惊心。

那是一起专门针对聋哑人群体的诈骗案，诈骗嫌疑人叫包坚信，生于1972年，是浙江温州乐清人。在聋哑人圈子里，提起卖灯饰的"哑巴灯饰"创始人包坚信，几乎无人不知。他是湖南十大残疾人创业之星，有一大堆头衔，还有错综复杂的背景和关系。包坚信经常说："我们不能给世界带来声音，但我们能给世界带来光明。""上帝捂住了我的嘴巴，是希望我能少说多做。"

包坚信很聪明，会手语，和聋哑人可以无障碍地交流，很多话可以说到聋哑人的心里面。聋哑人文化程度普遍不高，防范意识很差，特别容易相信人，这就给了他可乘之机。

他的诈骗做法，就是打着"拯救聋哑人摆脱贫穷"的旗号，凭借"包某带领大家奔向致富路""聋哑人创富机会即将迎来更大爆发"这样的虚假广告，非法吸收巨额资金。

我在网上找到包坚信的讲座。他是怎么骗人的呢？就是向那些聋哑人灌输概念："现在是'互联网+'时代啦，我们聋哑人也可以靠自己去创业。""人人都可以是老板，赚钱会赚到手软。"

他的会场每次都布置得很好，往往还请了大量记者采访报道，让人觉得人气爆棚。加上他有自己的实体产业，可信度看似很高。

他所谓的带聋哑人赚钱，具体来说就是"你把钱放在我这里，投资5000元，我一个月给你赚2000元，绝对是高额回报"。

这样的套路，有法律常识的人一下子就可以看穿。可是聋哑人法律意识淡薄，他们很相信那个会说手语、一口一声叫着"老乡"、坚持带他们发家致富的大哥不会骗他们。看到包坚信在朋友圈晒出叠成金字塔的人民币，他们分外心动，立马行动起来给他打钱，购买根本不存在的理财产品。

其实，聋哑人赚钱有多么不容易，我们可以想象得到。他们当中的大部分人只能做最底层的工作，辛辛苦苦工作赚到的工资低得可怜，说那是血汗钱也丝毫不为过。

包坚信拿到他们的钱之后，就吃香喝辣，开豪车，住豪宅，过着纸醉金迷的奢靡生活，还包养了两个情妇。

他为什么那么有底气？因为他吃准了聋哑人不会说

话，与公安机关沟通困难，维权无门。这叫哑巴吃黄连——有苦说不出。

一些聋哑人发现自己被骗了，就到全国各地的公安机关报案，但是由于这些聋哑人跟司法机关工作人员之间无法正常沟通，报案很难。有的聋哑人在家人的陪伴下到公安局报案，一年多时间过去，案件也迟迟没有进展，那些聋哑人感觉很无奈。

有的聋哑人看不到希望，走上了轻生的绝路。有的被骗到倾家荡产，还因为借别人的钱投资而欠下巨额债务。有些聋哑人被骗后，无家可归，上十个人结伴挤在一个破破烂烂的廉租房里，那种场景让人看了触目惊心。

听不见，不会说，不懂法律，维权意识比较弱，他们被骗后只得做最底层的活，想办法还投资的欠款。直到重庆有个受害人知道有我这么一个全国唯一的手语律师，长期替聋哑人维权，于是一传十、十传百，大家都找到了我。

他们在微信上对我表示："唐律师，我所有积蓄都被骗了。""唐律师，帮帮我。"……

"根据《禁止传销条例》对传销的定义，包坚信采用的运作模式，毫无疑问涉嫌传销违法行为。"我当时这样很明确地告诉微信群里那些受骗的聋哑人朋友。

这属于刑事案件，必须向公安机关报案。我一夜没有睡觉，忙着从受害人那儿收集信息。第二天，我带着沉重的心情，去向有关部门反映情况。车子停在政府大楼附近，我坐在里面连抽了几根烟，才走下车。

有个领导听完我的汇报，提醒说："小唐啊，这个案子轻易接不得。"我跑了好几个部门，得到的都是一样的建议。

当时，我的内心五味杂陈。一方面，这个案件数额巨大，社会危害极大。另一方面，案子牵扯面太广，稍有差池，会造成无法想象的后果。

我处于矛盾之中，很犹豫，甚至想过放弃，但又不忍心，只好暗示自己先冷静一下。我从微信上"消失"了一个星期，头痛了好几天，反复思索自己做律师的意义，不就是"替那些说不出话的人说话"嘛。

那7天里，微信群里的聋哑人见我一直没有出现，有些渐渐心灰意冷，有些决定自发组织起来维权。其中一个聋哑人给我发了条信息："唐律师，现在各省市来了300名聋哑人代表，已经到了重庆，明天请求政法委书记派您对接我们。"

看到那条信息我就蒙了，用重庆话说就是"一哈就旷了"。我赶紧向政府汇报，寻求协助，市公安局表示愿意配合，我才放下心。

当时，大约300名聋哑人到了我们的律师事务所所在的园区，场面非常壮观。我确定要接下案子，就对他们说："聋哑人朋友们，我替你们维权，请放心。"并把这句话发到了微信群里。

如果说刚开始因为害怕所谓错综复杂的关系，而不想接这个事情，我觉得是表象。当最终毫不犹豫地答应他们，我觉得自己是几万名聋哑人的希望，不应该让他们的希望破灭。

从2018年1月底开始，我带上律所里的5名聋哑人助理，几乎搁下了手中所有其他事情，全力投入这起案件里。首先，我把来到重庆的那些聋哑人都安顿好，妥善保管实物证据，向他们做出承诺。然后，我到全国各地广泛取证。另外，我表示，这个案件不收一分钱。

随着调查的逐步深入，我发现包坚信很狡猾，反侦查的意识很强，把有价值的证据都抹掉了，而且他背后势力很庞大，似乎有黑道背景。

当时我收到了一些威胁信息，要买我的命，买我的头，买这买那的。我开玩笑说这些人真的是搞笑，花那么多钱，我就一百来斤，称一下一斤多少钱？算一下，我一斤可贵了。

有一天晚上，我在办公室加班到凌晨2点，桌上的座机突然响起来，那是楼下巡夜的保安打来的电话。他说楼下电梯口有几个人，穿着警服，在用手势对话，看着很可疑，让我小心点。我放下电话，用两个沙发抵住律所的玻璃大门，然后打电话报警。过了几分钟，警察赶到，原先那几个穿警服的人就逃跑了。

虽然收到威胁的信息，但我的斗志越来越坚定。以前在电影里，我看到那些好人被犯罪分子拿枪指着、被绑架起来威胁人身安全，觉得离自己很遥远。当我亲身经历了威胁，就觉得电视连续剧和电影情节，也不过如此。

那段日子，偶尔有空闲的时候，我想起以前的很多事情。记忆中有一个很深刻的场景，是有一次我因为案件去聋哑人工作的酒店找他们。那些聋哑人在酒店做清洁工，很多人挤着睡在一个狭小的房间里面，每天做着粗重的活，衣服穿得很简陋，工资待遇很低。

想起他们那种殷切期盼的眼神，想到他们好不容易赚点钱还要被诈骗，我就忍不住鼻头发酸。我在心里发誓：一定要帮那些被骗的聋哑人把钱追回来，否则誓不罢休。

在我全力调查取证的同时，包坚信仍在各地加紧召开聋哑人"洗脑大会"，继续行骗。因为他那种"庞氏骗局"的维持方法，就是拆东墙补西墙。

和包坚信斗智斗勇，搜集证据也很考验智慧。看到包坚信在聋哑人圈内发布了招聘广告，我找到两个很坚定支持我的聋哑人去他的公司总部应聘。他们成功了，一个担任文员，利用电脑技术收集各方往来的数据；一个当他的贴身保镖，随时随地掌握他的动向，用针孔摄像头拍下了很多重要现场的视频。

这些证据，通过不同快递公司寄给不同的收件人和地址。直到包坚信落网，那两个"卧底"的聋哑人也没有暴露。

拿着厚厚的一沓证据材料，顺利交给公安机关并且成功立案的那一刻，我终于松了一口气。

2018年5月12日，包坚信等13名犯罪嫌疑人被长沙市公安局抓捕归案，受害人数大约40万，涉案金额高达5.8亿元。那天是汶川大地震10周年纪念日。我买了几瓶啤酒和几个凉拌小菜，独自在办公室，关上门小酌了一场。

案件成功告破，资金陆续被追回。当然，那么多聋哑人的损失不一定能全部追回，但我终究是为他们讨回了公道。

通过那个非法吸收巨额资金案件，我比以前更加深刻意识到，作为会手语的律师，聋哑人朋友把我当成"救命稻草"。尤其当那一双双眼睛巴巴地望着我的时候，我不能说百分百地感同身受，也可以说百分之九十吧。

为什么能感同身受？因为我的父母都是聋哑人，所以我从小就理解聋哑人群体的无奈，理解那种"哑巴吃黄连"的感觉。

1985年3月17日，我出生在重庆市大渡口，父母都属于后天性聋哑人，都是幼年时感冒发烧服用抗生素药物不当导致的。

听外婆讲，我刚出生时，家里人都捏了一把汗。当医生把我交到我父亲手上时，他对着医生又是作揖，又是鞠躬，觉得家里降生了一个健全人，对他们而言是天大的喜事。

我还从小舅舅那里听说，回到家后，父亲在台灯下翻了一夜的新华字典。第二天，家里人发现桌子上多了好几张写着字的纸，上面是他给我选的名字"帅"，寓意"将帅之才"。

我3个月大的时候，被父母交给外公外婆照顾，只有周末才被允许回家看看他们，每次待不到一会，就被他们狠心"赶走"。外公外婆是健全人，在我长大一点时，他们告诉我，父母害怕我在家受到他们聋哑人的表达习惯影响，不希望我进入无声的世界，觉得我应该和健全人一起，在"正常"的环境下长大。而且，父亲觉得聋哑人是生活在社会底层的人，而我属于健全人社会，不该和聋哑人之间有任何交流。父母在家都是用手势交流的，但他们不允许我学手语。印象中，4岁之前，我与父母之间几乎没有任何交流。

多年后，我明白了父母当初那样考虑的原因。长期以来，在各种或主观或客观因素的影响下，像其他残障人士一样，聋哑人潜移默化形成了自己无声的群体：他们不与健全人群交流，实际上也无从交流；更不与健全人群一起生活、工作；他们排斥着健全人群，也被健全人群排斥。他们活在彼此无声的世界里，用手语进行着沉默的沟通。即使在他们情绪波动最为激烈的时候，也无法从他们身上捕捉到更多的情绪色彩。

就在4岁那年的一个晚上，因为父亲的一场阑尾炎手术，我才意识到学习手语的重要性。当时，父亲肚子疼得在床上打滚。被送到医院后，具体哪里疼，他说不出来，医生护士也不会手语，无法马上帮助他减轻痛苦。我在一旁看着，心里很着急，却帮不了一点忙。耽误了很多时间，医生才确定父亲患了阑尾炎。在做手术的时候，外婆把我叫到病房外说："你一定要学会手语，等父母老了，才能好好照顾他们。"

从那时起，我开始学习手语，最初是瞒着父母学。我父母工作的大渡口区振兴金属厂，是重庆市接纳聋哑人就业的重点福利工厂，厂里300多名员工中，有200多名聋哑人，女厂长也精通手语。我常常到父母工作的厂里玩，叔叔阿姨都喜欢捏我胖乎乎的小脸蛋。混在聋哑人中间，我跟他们比画着学手语。厂里的叔叔阿姨觉得我很聪明，偷偷教我手语，只要教一遍我就能学会，几乎是过目不忘。

"爸爸"和"妈妈"是我学会的第一组手语。尽管内心激动，可我不敢展示给父母看。我偷偷地学手语，引起了厂长的关注。她也是一对聋哑人生育的健全人，精通手语，也很支持我学手语。5岁那年，厂里开职工大会，我坐在厂长旁边给他翻译，因为厂长觉得我学手语比较有天赋，同时也是在专门锻炼我。厂长比画手语给聋哑职工们看，我就翻译给健全职工们听。

慢慢地，我在父母工作的厂里也算是成了一个小红人，厂里的聋哑人在外面遇到大大小小的事情都会让我去帮忙翻译。比如去医院看病，到银行存钱、取钱（那个时候没有ATM机，都是凭存折到银行办理业务），生活上遭遇矛盾纠纷，都是让我去帮他们翻译的。厂里的后天性聋哑人子女当中，精通手语的，我算是唯一的一个。

看到我学会手语之后有了用处，又有厂长支持我，父母就不再排斥我学习手语。到6岁时，我基本能用手语和大人沟通。但那时我还不知道自己学习的仅仅是重庆方言手语。在上小学的某一天，父亲的一个聋哑人同学从上海来我家做客，才给我指出了方言手语的差异。

那个阿姨和我父母交流，我注意到她的手语跟我们有点不一样。她好像是想考考我，向我做了一个陌生的手势，然后用手语问我是什么意思。我答不出来。原来，那个手势是用上海方言手语表达的"上海"，与重庆方言手语的表达完全不同。

原来，手语由10根手指和面部表情、肢体动作一同构成词汇要素，重复性高，同一个动作在不同的语境和语感中表达的意思都不一样。从父亲的同学那里，我了解到，就像全国各地都有不同的方言一样，手语也是有方言的。比较通用的自然手语，就是方言手语的集合体。比如"我爱你"三个字的表述五花八门：北方地区是左手竖大拇指，右手从上到下抚摸；重庆地区是用右手抚摸心脏，左手手心贴近右手手背；台湾地区则是伸出右手，同时弯曲中指和无名指……

还有一种是普通话手语，使用范围很狭窄，就是大家平常在电视上看到的那种手语，仅限于新闻、大会的翻译，以及学校的教学。自然手语和普通话手语的区别也很大。

当时我就想，要尽可能多地学习各个地方的方言手语。那些年，重庆旅游业兴起，吸引了一批批来自全国各地的游客。每个周末，我到重庆的地标解放碑和朝天门，常常一待就是一整天，只要看到用手比画的人，就上前跟他们搭讪。对聋哑人来说，在街头遇到主动学手语的健全小孩，是比较稀奇的事。他们往往对我很热情，聊起来以后，遇上我看不懂的手语，我就拿出本子让对方在纸上写对应的意思。有些格外热心的游客，还请我吃饭、做导游。

我用去旅游景点"守株待兔"学手语的方法，一直坚持至高中，学会了全国七八个地区的方言手语。有一次我同时给外国人和聋哑人当翻译，在普通话、英语和手语之间来回切换，我觉得特别自豪。

2004年初，也就是高三的下学期，临近毕业考试时，数、理、化成绩一直比较优异的我做出了一个决定——退学打工。早在我8岁时，父母就因国企改革双双下岗，家里条件很不宽裕，只能依靠外公外婆微薄的退休金生活。每次老师敲着桌子问"谁还没缴学费"，全班同学都会回过头来看着我。外公外婆省吃俭用供我上学，我自己则从14岁开始打工，课后做冰淇淋的推销员，卖一盒提成一分钱，清洁工、家教我都做过。我挣得的第一笔工资给外婆买了一件衣服。外婆身体一直不好，但生病了却打死不去医院看病，每次都自己硬扛，连买药都舍不得，就为了留点钱给我读书。

我是外婆带大的。亲人当中，我跟她的关系最亲密。我很心疼外婆，觉得外婆老了，不想让她再那样劳累，于是决定自己挣到足够多的学费，再回来读书。外婆知道我退学后，痛哭了一场，对我说：不管做什么，千万别学坏。

我喜欢唱歌，嗓子还不错，谈不上有做歌星的梦想，毕竟对自己的长相还有家里的经济条件基本上是明白的，知道自己有几斤几两重。但我想着要是去参加歌唱比赛，能够获奖的话，可以以此挣点儿钱。而且我小时候就知道，在经济发达的地方有酒吧，酒吧有驻唱歌手，那样也能挣钱。

上海是我的第一站。我参加电视台举办的"上海亚洲音乐节中国青年歌手大赛"，获得了最佳新人奖等4个奖项。带着那些奖项，我踌躇满志地去了北京，希望能依靠演唱赚钱。

我刚到北京，人生地不熟，举目无亲，别说赚钱，生存都很艰难。不仅没有如愿找到工作，而且几乎身无分文，晚上只能露宿在公交车站。走投无路时，我翻看手机上的电话簿，有一名高中同学当年考到了北京外国语大学。我试着给他打了电话，然后去找他，寄住在他们的寝室。

那段时间，我发现一到饭点，校园食堂里就没什么人，打听后才知道同学们嫌食堂的饭不好吃就到校外吃。我觉得这是个商机，萌发了卖盒饭的想法。同学帮我凑了

2万块钱，我在大学旁租了一间小屋卖起了盒饭。

10块钱一荤两素，生意竟然出奇地好。我以为是自己的盒饭好吃实惠，大家都喜欢。在寒假前的一天，我特意到同学的寝室去邀请他和同学们，希望请他们吃一顿大餐，聊表谢意。

上楼的时候，我意外地发现每一层的垃圾桶里都有很多自家的饭盒。因为好奇，我掀开那些饭盒盖子，结果就惊呆了：很多盒饭没动过就被扔掉了。我马上明白了原因。那些同学都是听说了我的经历，想要帮助我才坚持每天买我的盒饭。

那一刻，我才知道自己的盒饭有多难吃。真相大白后，我不想再继续卖盒饭的生意。我已经挣了4万块钱，但是那点钱是死的，花完了就没了。我还想着要上大学，那点钱也根本支撑不了大学四年的花费，而且我还要照顾家人的生活呀。

于是，我用4万块钱在西单买了服装，拉回重庆摆地摊卖。服装利润很高，货物出手后，我手里有了七八万元。通过那笔钱，我盘了一个倒闭的酒吧，就是冲着自己唱歌比较好，哥们儿也多。酒吧生意不错，很多叔叔阿姨天天来光顾我，要听我唱歌。我也在酒吧里招聘了聋哑人服务员。靠那个酒吧，我挣到了家人的生活费，也攒够了上大学的学费。

除了亲身经历，在做生意期间，我更深入地了解到聋哑人群体的困难。2005年，通过自考，20岁的我考取了位于重庆的西南政法大学的法学专业。本来，聋哑人在法律和医疗这两个方面的阻碍最大。相较而言，学医耗时太长，我没有太大兴趣和信心学成。而法律常识的缺乏，让这个群体的犯罪率居高不下。怎么帮助他们呢？最终，我在两者之间选择了法律。

69

　　我用了两年零九个月，修完了四年本科的全部课程，还考取了手语翻译资格证书。考证前的培训课我没去几次，手语老师说我可以直接考，我就直接去了，一次性通过。

　　在大学期间，一个偶然的机会，我被警方邀请为一群聋哑犯罪嫌疑人做手语翻译。那是2006年，我因为之前做生意挣了点钱，想去感谢曾经帮助过我的一个人。我14岁做家庭清洁工时，有个叔叔和我商议好一个礼拜做一次清洁，一个月120块钱，但实际上100块、150块、200块、300块，他都给过我，这让我很感激。

　　我买了水果去看望那个叔叔。当天他家里正好有一个客人是重庆市九龙坡区公安分局的领导，他给客人介绍了我的情况：会手语，还是法律专业。那个领导就说，正好抓获了一个聋哑人犯罪团伙，为了查清案情，局里请了两位聋哑学校的老师做手语翻译，但半个多月过去了，审讯工作还没有多大进展。他让我去帮忙和聋哑嫌疑人沟通。

那试试吧。我一试就打响了第一炮，40分钟就让那些人开口了。当时是怎么做到的呢？很简单，没有所谓的"高大上"的技术含量。我长期生活在聋哑人群体中，太了解聋哑人了。我很清楚他们的心理状态和思维，能无障碍地和他们进行心与心的沟通。

心与心的沟通，就是人家信任你、信服于你，才给你讲真心话、讲实话。当时那个案件的性质是团伙盗窃。我见到他们时，他们情绪很激动，尽管证据确凿，但他们坚决不承认。我就用手语跟他们聊天，家长里短、天南海北都聊，安抚他们的情绪。他们觉得健全人当中，手语有我那么好的很少见。一听说我的父母也是聋哑人，他们就觉得我不会害他们，就愿意跟我讲实话。从第一个人那里打开了缺口，其他人就接着如实供述了。

一般来说，聋哑人很纯粹。他们只在乎事物的表面，不究其本质；他们生活在二维空间，只看平面；他们的世界里只有黑与白、善与恶，没有灰色地带，喜欢你就喜欢你，不喜欢就不喜欢，信任你就信任你，不信任就是不信任。

从那次翻译之后，我就开始了手语翻译生涯，一直协助重庆市九龙坡区公安分局办理聋哑人案件，持续了7年。其实不只九龙坡区公安分局，我后来还协助重庆市公安局，乃至整个重庆市38个区县，还有陕西、四川、广西等地的公检法部门处理聋哑人案件事宜。我主要参与的是侦查、审查和起诉等司法程序中的法律手语翻译。

在那期间，我成功协助破获了上千起疑难的聋哑人犯罪案件和重大聋哑人犯罪团伙案件。在那个年代，聋哑人案件基本上都是盗抢案。刚开始接触手语翻译的时候，我发现聋哑人在具体的司法案件当中，很难跟司法人员沟通。我也读过司法相关人员的论文，里面写到聋哑人刑事案件的最终审判者其实不是法官，不是检察官，也不是律师，而是手语翻译员。

根据我国刑事诉讼法的规定，在法庭上讯问聋哑犯罪嫌疑人要有专业翻译人员参与。一般司法机关会聘请特殊教育专业的手语老师，每次耗资上千元。特教学校的老师们学的往往是普通话手语，对方言手语不熟悉，加上不是法律专业出身，不了解法律术语，所以在案件翻译中可能会出现词不达意的现象，从而影响案件的正常审理。可大部分聋哑人都使用方言手语，这就导致法庭上经常出现谬误和曲解，比如故意伤害和故意杀人，两字之差，量刑标准却大大不同。

每个案子中，我们都要先向当事人告知他们的权利义务。法律本来属于概念性极强的社会科学，非法学专业的手语翻译员面临法律专业名词，如果自己都搞不清楚是什么意思，又如何能有效为聋哑人群体解释和传译呢？

举个例子，要怎么向聋哑人解释回避制度？"回避"两个字在日常交流中是很简单的，但在司法解释中，其含义远远不是字面意思。它可能涉及当事人、诉讼代理人的近亲属，与案子有利害关系的人，或者与当事人有其他关系、可能影响对案件公正审理的人。申请回避是当事人的合法权利。但是手语怎么翻译这个意思？很多手语翻译员是不懂法律的，如果他们只是用日常交流中的"回避"去解释，聋哑人又怎么可能知晓自己的合法权利？

其实不只是法律界，医学、计算机的专业名词在手语翻译中也几乎是空白状态。我们都知道青霉素是很常用的药物，按照目前的手语翻译规则，手语中，青霉素是用汉语拼音的首字母即QMS去表示的。不说聋人，即使是健全人，听到QMS，他能一下子反应过来这是什么意思吗？法律、医学、计算机是现代社会生活必然会接触的三个领域，而这三个领域中的专业名词却很少有标准的手语翻译规则。这也让聋哑人融入健全人的社会生活变得困难重重。

正因为我知道聋哑人生活何其不易，也知道他们的逻辑和健全人的区别多么大，所以我才认为，他们即使犯了错，也应该得到法律上的公平对待，不应该因为其中一个环节出错，人生就被错判。如果手语翻译员在参与案件的过程中，不能秉承中立的、合法的方式去翻译，那就可能导致聋哑人在司法案件无法享受公平和正义。可以说，聋哑嫌疑人的命运掌握在手语翻译员的手里。

有一次，沙坪坝区一位老奶奶找到我，说她女儿是聋哑人，一个多月前被指控在商店偷窃一部手机。警方做笔录时，她女儿通过手语翻译员认罪，即将面临刑事起诉。但奇怪的是，女儿在母亲面前坚称没有盗窃手机。为什么同一个人的表述，会有截然相反的意思？我认为，一定有隐情。于是，我到检察机关调取了案件审讯视频，观看的结果让我震惊。

原来，手语翻译员和聋哑嫌疑人的手语存在普通话手语和自然手语的差别，导致笔录内容和嫌疑人的阐述有出入。聘请的手语翻译员根本没有把当事人的原意翻译出来。女孩一直表达的意思是"没有偷"，但经过手语翻译后，变成了"我偷了一部金色的手机"。

我看到视频中，手语翻译员通过手语询问：你是否在某年某月某日，在某商场偷了一部手机？女孩回答：我没有偷手机，我不会承认的。接着，翻译人员又问：你偷的是一部什么样的手机？女孩说：我没有偷手机，我哪里知道是一个什么样的手机？但她的回答在笔录上却变成了"我盗窃的是一部金色的手机"。

笔录和女孩的表述为什么会出现截然相反的意思呢？问题就出在手语翻译上。通过对比，我发现，女孩在视频中的表述和在笔录中的供述严重不符。因为自然手语中的"我"和普通话手语中的"承认"很相似。不管是从她的表情、手语，还是从她整个人的状态看，我都不认为她在撒谎。这样的误会造成了相反的供词，差点就葬送了一个人的前途。我将发现的疑点形成法律意见和辩护意见提交上去，最终检察官采纳了我的建议，核查笔录内容后，以该案事实不清、证据不足为由，对聋哑嫌疑人做出了不予起诉的决定。

在手语翻译的过程中，我逐渐总结出聋哑人案件中会出现的难题。一方面，大多数的手语翻译员缺乏法律专业知识，不能准确地向聋哑人传递法律概念和信息，无法向聋哑人进行法律上的有效解释，会出现"鸡同鸭讲"的情况，导致聋哑人不清楚自己所享有的诉讼权利和义务。另一方面，几乎所有的手语翻译员使用的都是普通话手语，而绝大部分聋哑人使用的都是自然手语。这就直接导致案子在审判过程当中，可能会出现截然相反的结果。有的手语翻译员不能完全正确地理解聋哑人的意思，看不懂时索性忽略而过或是翻错，甚至有时遇上连手语都不太会的聋哑人，只能猜表情。这样的情况，我觉得太离谱了，一个人的命运都掌握在你手上，而你给我靠猜？

更有甚者，由于没有第三方监管约束，个别手语翻译员会利用聋哑人的弱势和自己的特殊地位，向他们索贿。有的手语翻译员很坏，当着警察的面向聋哑人要钱："不给钱就害死你！"有一回，我看到一个审讯聋哑人的视频，手语翻译员对嫌疑人比画着："我跟你的家人联系了，但是你的家人只能给6000块。"嫌疑人用手语回应："你再跟我的家人说说，让他去凑。"最后谈不拢，手语翻译员就完全歪曲嫌疑人的意思，造出了一份假笔录。这种行径就会使一些人遭受不白之冤。虽然手语翻译这个圈子有清有浊，但我认为，法律最容不得浑浊。

每次司法机关叫我去参与办理案件，往往是在于，翻译人员或者侦查人员讯问聋哑嫌疑人时，聋哑人不接受、不承认，彼此之间达不到有效的沟通。而在我协助侦破的案件中，那些聋哑嫌疑人都有同样的特点，那就是别人去沟通的话他们不会说实情，我去了的话他们就说。这正是因为我对他们的了解，让他们觉得跟我之间就像朋友，我能够得到他们的信任，他们知道我绝对不会害他们，也不会出现实际偷了两次，而我非要说五次、十次来夸大公安机关的"政绩"，从而让他们承受更大的法律后果。他们知道我们绝不会那么做。司法人员也很了解我的性格，知道我会坚持原则，不是他们（聋哑人）做的，就不会说是他们。基于聋哑人对我的信任，我从没遇到过一个聋哑人不在我面前说实话。归根结底，这其实就是一种同理心，让我能够无障碍地理解聋哑人的思维、心理、习惯，所以我们之间的交流才不存在屏障，不存在欺骗和防范，更不存在尔虞我诈。

有一个19岁的广西聋哑男孩，从小被父母遗弃，没上过学，也不会手语。家中没有粮食了，因为太饿，他就去村里一名老奶奶家里偷米。聋哑人偷窃如同"掩耳盗铃"，在被老奶奶发现并抓住后，他情急之下下了毒手，杀死了老奶奶。因为那个聋哑男孩完全无法进行手语交流，并且对人抱有防备心，司法机关没法审讯他，就请我帮忙。我提出在看守所内和那个男孩同吃同住。那个男孩有暴力倾向，为了保障我的安全，公安人员把桌、椅、板凳全部撤离，地面上仅铺着报纸，放一瓶矿泉水，瓶盖子都被拿掉了，吃饭也不让我使用筷子，只能用手抓。与我独处了一天半之后，那个男孩终于放下戒备，用最简单的肢体语言向我还原了整个案发经过。结束的时候，他闭上眼睛，低着头，伸出双手，紧握拳头，做出一个被逮捕的动作。犯罪是可恶的，但他承认错误的那一瞬间，我很受触动，没忍住就哭了。

当手语翻译员的那些年，在聋哑人群体里，我被认为是"最难攻克的人"。很多人传言，我有"催眠术"，只要犯了罪的聋哑人在我手上，一定会招。其实哪有什么催眠术，我不过是把自己放在了与聋哑人平等的位置上。

手语使用得越来越熟练，和聋哑人之间的沟通越来越多，我越来越了解聋哑人在生活当中的种种不便、无奈甚至是无望。我越来越发现聋哑人群体因为无法发声，挣扎在社会最底层，一直过着卑微且饱受歧视和虐待的日子。

参与处理过上千件聋哑人案子，我没见过一名会手语的律师。懂手语的不懂法律，懂法律的不懂手语，稍有不慎就有聋哑人因莫须有的罪名被关押受刑。谁能帮帮他们呢？要是没有一名既能跟聋哑人无障碍沟通，又懂法律的专业人士为他们代言，会产生多少冤假错案？

相对于普通律师通过手语翻译进行辩护和代理维权，我设想，专业手语律师的准确性和专业性，一定会对诉讼中的无障碍交流起到积极作用。就我自己来说，既然老天让我生在了一个聋哑人的家庭里，接触到"无声世界"，那么老天是什么意思呢？我渐渐明白了，要想为聋哑人群体发声，最合适的身份还是律师。

2012年，我通过国家司法考试，成为一名专职律师。本来我在毕业时考过一次，但没有通过。虽然我也曾有通过特招成为公务员的机会，但办理聋哑人的案子，让我明白了要真正减少聋哑人的犯罪率，光靠打击是起不到太大作用的，还是要提高他们的法律意识。同时，我也看到了聋哑人参与法律诉讼的种种障碍和困难，他们的种种无奈、绝望。一些老师和领导也跟我说，你要想真正帮这个群体，做律师，不要做法官，不要做警察。我综合分析后觉得，对。

69

真正成为一名律师之后，我接的第一个案子关于一名聋哑老职工。照理来说60岁退休，但他都64岁了，还没有拿到退休工资。家里跟他相依为命的是他80多岁的老母亲，老母亲无法下床，他们俩的经济来源仅能依靠老母亲的退休工资。当我到他家里的时候，他的老母亲跟我说："你一定要帮帮我们。"聋哑人群体说不出，听不到，容易成为受欺负的对象，成为那些犯罪黑手所伸向的对象。我介入这个案子以后，发现企业压根没给他办理过与退休相关的任何手续。最后我帮他打赢了官司，在步入65岁生日的时候，他拿到了退休工资，当然也把他之前几年应当拿的退休工资给拿回来了。

那个案子我没有收一分钱律师费。我永远都记得，他拿到退休工资以后，从超市里给我提溜了一包大白兔奶糖，再给我买了一条烟，是那种老的龙凤呈祥。

从开始做律师的时候，我就想好了要帮助聋哑人，不然的话就丧失了我要做律师的初心。在涉及聋哑人的案件中，聋哑人常常因为无法用语言表达，导致理解偏差，只能"哑巴吃黄连"。我接触的各种案件简直可以用"黑洞"来形容：有人被骗了钱，有人被打伤，有人被家暴，有人被拐卖，等等。有一次，几个聋哑人坐车到重庆来找我，我一问，才知道他们长期被一个聋哑人团伙勒索，所以要"报案"。我听了有些哭笑不得，说："你们报案要找警察呀，不是找我。"那几个聋哑人说，他们去过公安局，但人家看不懂手势，他们又不会写字，只好灰头土脸地走掉。

随着接触的案子越来越多，我发现聋哑人实在是太需要帮助了。他们遇到事情不仅求助无门，甚至还会因为不懂法屡屡被骗。一个聋哑女孩被拐卖到聋哑人盗窃团伙，每天的工作就是到大街上偷东西，然后把"战利品"交给"老大"。有一回，她因为盗窃被抓，警察发现，她身上竟然有上百个被烟头烫伤的痕迹。女孩最终因为年龄小定不了罪，被送回家，结果家人直接说："送她回来干什么？不偷她吃什么？我们可没钱养她。"几天后，她终究还是离开了家。

我对她的悲惨遭遇感到很痛心。社会和家庭欠他们的，该如何去还呢？很多聋哑人对法律知之甚少，长期"与世隔绝"，他们甚至不知道什么行为是犯罪，更不知道什么情况下，应该怎么寻求法律途径维权。见过太多聋哑人的委屈以后，替他们发声成了我的主要工作。2015年，我成立了自己的律师事务所。与别的律师最大的不同是，我在处理一些健全人的案件之余，专注为聋哑人群体进行法律诉讼和维权。

自然手语是比较粗糙的。法律有很多专业名词，字面上只相差一点点，却对案件的定性、判刑等影响巨大。相应地，一个手势之差，意思可能谬以千里，对聋哑人来说可能是无妄之灾。要做到准确翻译，又要保证判决的公正，"无声"地交流是我工作中再寻常不过的场景。我对聋哑人案件的收费比健全人案件低很多，但所花费的时间和精力几乎是健全人的好几倍。为了让聋哑人明白一些法律概念和名词，我总要花时间把专业名词涉及的犯罪构成要素，一个一个向他们解释清楚，让他们在这个基础上去理解法律名词。如果遇到连自然手语都不熟悉的聋哑人，耗费的时间会更多。我们要花大量时间，用一个故事或者一段场景，甚至结合很多肢体语言，让他们去理解法律名词。我们律所的同事几乎每天都要帮助聋哑人向公安机关报案和整理笔录、证据，一名聋哑人平均要花上3—5个小时，复杂案件则会耗时好几天。

在替聋哑人维权的过程中，我一般做的是用他们懂得的手语跟他们交流，详细了解案件的事实和经过，形成辩护意见，并在法庭上用手语为他们辩护。在这个过程中，我还要见缝插针地对他们普法，让他们对自己的犯罪行为有清晰的认知。

一个中年聋哑男人，在公交车上偷了一名老奶奶给孙子的2万元救命钱。没了钱，老奶奶的孙子肾衰竭死亡。庭审时，骂声四起，大家都指责那个男人，说这样的人渣还配辩护？可我还是请求法官让我和被告人"说两句"。经了解，原来那个男人的两个聋哑朋友在自然灾害中死去，而他们的孩子独自留在世上，他盗窃正是为了给朋友的遗孤交学费。当时没有其他人在意他的动机，但这些不能听、不能言的犯罪嫌疑人，也有发声的权利。要是我不替他们在法庭上表达，或许就没有人了。

我觉得，聋哑人犯罪有主客观两方面原因。主观上是他们无法与正常人沟通，而且法律意识淡薄，不知道如何计算犯罪成本。客观上则是聋哑人在社会上受到的关爱比较少。我每次都试图让大家理解这些犯了错的人，竭力给不能说话的人一个表达的机会。我做律师，就是希望发挥这个职业的作用，努力成为防止冤假错案发生的一道重要防线。

在涉及聋哑人的案件中，我最痛心的是他们遭到主观误解。有一回庭审，我坐在律师席位上，直接打断手语翻译员，指出他没有把庭审规则和被告人所享有的诉讼权利完整翻译出来。那个手语翻译员，以前可能从没被质疑过，一下子就红了脸。

作为一名会手语的律师，我接触的聋哑人案件越来越多。面对聋哑人这个特殊群体时，总想着能帮就帮。一次下班途中，我看到一名衣衫褴褛、神志不清的聋哑女孩。她当时衣不蔽体，脚上连一双像样的鞋都没有，全身上下脏得像是从垃圾堆里出来的。我上前详细问询了她的经历。她表示自己被人贩子拐骗到了重庆进行卖淫活动，被虐待了好几年，一直在等待机会逃跑。有一回，她跑到了街上，求助协警，但由于沟通不了，又被犯罪团伙抓回去毒打一顿后继续卖淫。这次她又等到一个机会，才艰难地逃跑出来。一路上，因为身无分文，她不吃不喝，为了避开追赶她的人贩子，更不敢多作停留。沟通案情的两个多小时里，她的眼泪没有停过。我请女同事帮忙，带女孩从头到脚清洗干净，给她买了衣服，让她吃饱饭。然后，我立即协助她向公安机关成功报案，还给她买了回家的火车票。临走前，我担心她在路上遇到意外，又摸出了200块钱塞到她手中。

我不单单解决法律问题，也会帮着解决聋哑人的就业问题。有一段时间，我同时照顾着8名聋哑人，他们都是被家庭抛弃的。当时我租了一个房子暂且安置他们，给他们每人5000元，还添置了卖手抓饼的推车，教他们去摆摊。后来遇上卫生整治，我就把他们送去玩具厂上班。

2015年，我受聘成为重庆市大渡口区残疾人联合会的法律顾问。从那时起，我每月抽出时间用手语给区里178个聋哑人开展普法讲座，告诉他们最基础的法律常识，包括什么是犯罪，还义务为需要帮助的残疾人提供诉讼案件代理和辩护服务。

我相信，要增强残疾人的法律意识和维权意识，提高他们知法、懂法、守法、用法的能力，普法教育是基础。每次开普法讲座，我不但不收钱还往里搭钱，凡是来听讲座学法律的聋哑人，我们都给他们发米、发油、发鸡蛋。往往一次就来几十上百个人，年龄从10多岁到70多岁不等，一个人算50块钱，办一场讲座也要花几千块啊。讲座结束后，我常常被聋哑人围住，他们挤成一圈，问题很多，有些问题也与法律无关。在他们眼里，能见到一名交流无障碍的非残疾人，实在太罕见了。我从事的普法讲座，在重庆相对比较集中的地点是在大渡口残联。我也自行组织，曾到广州、陕西还有北京开展活动。

我研究过，聋哑人普遍缺乏自我保护意识，不懂得怎样来保护自己，而且大部分聋哑人学历较低，无法成功就业，再加上他们的法律意识很淡薄，这都成为他们走向违法犯罪的根源。单纯地惩罚犯罪并不是降低犯罪率的最佳途径，最要紧的应当是开展普法教育，提高他们的守法意识，从源头上减少案件的发生。

曾有一个聋哑女孩找到我，想让我帮她要回老板少给的钱。我用手语比画："你能把自己的工作说得更加详细吗？"她用手语比画："我们单位有20多个人，我们每天的工作就是和人出去喝酒、吃饭、睡觉。每次睡完觉，老大就给我一二百元，但是那些健全的女孩可以得到四五百元。我觉得很不公平，你能帮我要来钱吗？"我明白了她的"单位"和"工作"到底是什么，就问她："你知道自己的行为违法吗？"她很天真地表示："客人是自愿给钱的，我没有偷，没有抢，怎么会违法呢？"我非常无奈，并没有如她所愿去替她"讨薪"，而是耐心给她进行了一番普法。

还有一个高中毕业的聋哑人问我："唐律师，检察官、法官和律师有什么不同？"这问题让我十分无奈和难过。很多事情对于健全人来说是常识，而聋哑人却没有途径可以获知。健全人在成长过程中，有许多知识和信息来源，但这些信息传播渠道，几乎只考虑了健全人的接收方式，聋哑人却被排除在外。

那位聋哑人问出的问题，基本代表了我国聋哑人的法律意识水平，那就是很多聋哑人连基本的法律概念都弄不清楚。而在这样的情况下，以正常人的方式去做普法教育，往往收效甚微。

我也了解到，不少法律援助机构和单位会为聋哑人开展普法活动。其中很多机构会邀请法律界的教授或讲师开讲座，同时请手语翻译员现场翻译。我也听到有关机构或部门说："唐律师，我们也搞普法活动。"每次我听到他们这样说就会问："你们是用什么方式进行普法的呢？"

他们都会说："我们是在当地聘请有名的法官、有名的律师来开普法课堂，再到聋哑学校去聘请手语翻译员来进行同声翻译。"我一听就会调侃："噢，那你们的这种普法课堂可整得好啊，下面的聋哑人绝对是反应很热情、很激烈，讨论得如火如荼的吧。"

基本上他们的反应就是："哎，唐律师，你怎么知道的？下面的场景真的是，那些聋哑人讨论得如火如荼的，都在那儿比画，讨论得很激烈呀。"我说，你知道他们讨论的是什么吗？

他们说不知道。我说："他们讨论的就是自己的张家长、李家短，讨论的是自己的龙门阵，跟你们的普法课堂讲的内容完全不相关。"为什么？所谓的教学要达到有效，必须有个前提，那就是因材施教，老师在教学之前要摸清自己学生的水平处于什么样的阶段，才能有针对性地制作出有用的、有效的教材。换句话说，如果对小学生讲小学数学，用的是高等微积分、大学数学等教材，你觉得小学生听得懂吗？这是第一个漏洞。

第二个漏洞就是所请的手语翻译员。如果他是聋哑学校的老师，那么很大可能用的是普通话手语，因为他在学校里读的是特教，学的就是普通话手语，但是绝大部分聋哑人用的都是自然手语，两个手语之间的差别非常大。手势加上语法本身都天差地别，那么两个手语之间能不能有效交流呢？有一个容易理解的比喻就是，只会说普通话的人和只会说闽南语的人在一起能不能顺畅交流？它们的差别就是那么大。

第三个漏洞，法律是一个很抽象的社会学科，有很多专有的特殊概念，而聋哑学校的老师并非法学专业出身。普法者不管是法官还是律师，水平再高，在普法的过程当中都会触及法律专业名词和概念。聋哑学校老师搞不懂法律专业名词真正的含义，又如何能对台下的聋哑人有效传递信息呢？

基于以上三个因素，那样的普法就是在走形式、走过场。那么用健全人思维想到的方式来为聋哑人普法就是无效的。聋哑人文化程度普遍很低，成段的文字基本上看不明白，就算是一个初中毕业的聋哑人，真正的文化水平也仅与小学三年级的健全人相当，因为我们的特教教材和方式很落后。

再说到绝大部分聋哑人使用的是自然手语，其语序和普通话手语语序是颠倒的。举个例子，用普通话手语表达"今天我要到我妈妈家去吃饭"，但用自然手语表达的话就是"今天吃饭我妈妈家去"。由于文化程度低、语法不同，通过普通话手语表达的普法内容，他们看不明白，而且没有人能够为他们进行有效解释，也就导致接收法律信息的渠道无效。

电视台的有关节目，屏幕下方有手语翻译，那基本上也是无效的，因为翻译用的也是普通话手语。电视台用这种模式的初心是好的，希望为聋哑人普法，让他们跟上社会发展的步伐。但是错就错在这个形式相当于闭门造车。

此外，播音员每分钟可以说300字左右，语速快的话可以达到400字以上，但是手语一分钟最多只能比画七八十个字。在两者语速有严重差别的情况下，同一个平台的信息就无法做到同步。如果要同步会出现什么情况呢？播音员一分钟讲的完整内容，手语翻译要不停地删减。比如播音员说："2020年1月1日，XXX同志到达哪里，然后怎么样。"时间、地点、人物、目的、事件都描述得很清楚，但是到手语翻译员那儿，内容就是这样的："2020年1月1日，×××到哪儿。"这样能让聋哑人看懂吗？

再加上我们国家没有任何一所政法高校或大学的政法学院招收聋哑人学法律。国家为了构建法治社会，要求谁执法谁普法，对于健全人来讲，通过文字、通过媒体，通过听、说等各种方式都可以获知一些法律理念、法律概念，树立知法、守法、用法的意识，而聋哑人对法律的认知极度空白。

基于以上几点，聋哑人整个群体基本上是法盲。说实话，大学本科毕业的聋哑人真实的文化水平也仅相当于健全人初三或高一的文化水平，理解能力最多在那个水平。虽然说在我们国家聋哑人可以读大学，但聋哑人能够学的仅限于少数专业。聋哑人的法律意识淡薄，还可以从全国绝大多数聋哑人对我的称呼体现：第一不是叫唐律师，第二不是直呼我名叫唐帅，而是叫很响亮的、很牛掰的"唐法师"。这样的一个称谓，足以反映出聋哑人连法官、律师、检察官的职业属性、职能都搞不清楚，可知他们的法律思维、法律知识基本上处于法盲状态。

我通过自然手语开展普法讲座，达到了比较直观的效果，那就是大大降低了普法地区聋哑人群体的信访率。能真正帮助更多聋哑人，让我有一些成就感，但是，经常面对很多外地聋哑人发来的求助信息，我总感觉无能为力。如果想向全国约3000万的聋哑人普法，扩大帮助聋哑人的覆盖面，那何不利用互联网呢？

2016年，我拿出积蓄委托软件公司研发了一款法律援助软件"帮众法律服务"，让律所的所有律师都注册，免费在上面给聋哑人提供法律咨询。我的构想很简单：采用"你问我答"的方式。只要聋哑人点击"需要帮助"写明案由，备注聋哑人身份，然后点击"发送"，后台就会把这个单子分派到律师的端口，律师就会有针对性地解答。软件运行了2年，我发现它有一个弊端，因为它只能通过文字来问答，但很多聋哑人的文化程度最高只有初中水平，连手语都不会的也大有人在，加上文法、语法不一样，用文字来解答，交流还是存在很大的障碍。他们看不懂回答，也不知道该怎么问，所以我们只好摒弃这个软件了，转向微信公众号。

在公众号里，我们就不用文字传译解答了。聋哑人不仅可以观看普法视频，还可以选择"一对一手语视频咨询"，解答就能更直观。单次咨询价格是39.9元，每次持续2小时，这是根据重庆司法局最低服务收费标准计算的成本费。要是线下咨询就全免费，来律所咨询的聋哑人，我没收过一分钱。

通过公众号面向聋哑人接单，面对全国各地聋哑人的咨询，毫不夸张地说，我忙的时候接单接得快累死了。我感到自己一个人的力量还是有限的，许多时候力不从心。尽管我想尽办法帮助每一个求助的聋哑人，但仍有一些案子因为距离、时间的原因，我无法接手。如何才能有效地应对更多的聋哑人呢？我觉得需要更多像我这样会手语的律师站出来。于是，我就把我们律所的几十名年轻律师全部聚到一起，请手语老师每周来所里给他们上手语课。大家起初信心满满，但半年过去了，花了精力，花了时间，还花了钱，最后我一检验发现，不行，什么用都没有。学得最好的也只能比画几个词，一到对话，全蒙了。为什么？他们是健全人，不具备聋哑人的思维，不了解聋哑人的语法，没有聋哑人的语言环境，今天学了明天就忘了，所以半年时间白花。这条路行不通，那怎么办？

那段时间，我完全处于很崩溃的状态，每天晚上睡不着觉，身边的人都觉得我处于要疯不疯的边缘。睡不着觉，我就看纪录片，从关于邓小平的一部纪录片中我受到启发，茅塞顿开。那部纪录片中的"港人治港"四个字，对当时的我犹如醍醐灌顶：因人制宜，因地制宜，因事制宜。

聋哑人和我们健全人的社会互相之间存在那么大的隔阂，那么能够给聋哑人提供有效的服务和有效的普法，最了解聋哑人群体的人，不外乎就是聋哑人自己呀。中国有约3000多万聋哑人，我何不让聋哑人学习法律，自己培养聋哑人律师，让他们参与聋哑人的法律案件？

2017年4月，我开始付诸实践，在全国招聘聋哑人学法律。我的招聘要求是：大学本科毕业，精通普通话手语和自然手语。符合这些要求的人才能够肩负起给聋哑人普法的重担，不然光有其名没有其用，有什么意思呢？半个多月后，我从重庆师范大学选拔了5名聋哑人。让他们学习法律，得从零开始。我给每人都买了全套教材，让他们边工作边学习，所里的律师就是老师。大多数时候，我们通过幻灯片教学，其余时候让他们看书自学。

为了让他们放下心防，没有顾忌地完全投身于学习当中，我给他们发工资，为他们交"五险一金"。我很清楚地告诉他们，不要有任何顾忌，"如果你们在生活和学习各方面有问题，比如家里缺什么，我都给你们想办法解决，你们就只管全身心投入学习当中"。

我那时的经济压力非常大，在培养他们的过程中会加一些"刺激"。我这样对他们说："你的底薪工资很少，只有1900块，如果要得到更高的工资，你就要参与聋哑人的案子。参与一件案子，就会得到一定的提成。一件案子，几百、几千的提成都有。"我用这种经济学的方式刺激他们，让他们自愿地从被动到主动，从理论到实践，去努力学习。

其实，他们参与聋哑人的案件，起不了太大作用。比如说一个案子，我们的律师都已经很清楚了，不管是辩护方案还是代理方案，基本上是我们律师自己在做。在这样的情况下，让他们参与进来，向当事人了解基本信息后给出自己的初步方案，实际上就是在给他们出一个现实中的题目，训练他们，督促他们学习。

这样的培养机制，表面上看起来是我对他们的一种经济刺激，但从深层次来看并没有那么简单。聋哑人的案子我们是办一件亏一件的，办得越多，亏得越多，但是明明知道这个案子会亏，我还让他们参与，那就会亏得更多，因为我还要给他们案子的提成。但是为了把他们带出来，我也没有更好的办法。

社会发展太快了。自从接触手语翻译，我看到聋哑人犯罪的手段发生了巨大变化。以前的案件更多以偷盗、抢劫为主，后来多数变成了更难察觉、侦破的金融诈骗。天真一些的聋哑人，还会被别的聋哑人和健全人利用起来去骗人。

我接触过一批贩毒的聋哑人，直到被判刑，他们才意识到犯法了。别有用心的人招他们过去，让他们把毒品运到指定地方，到了年末就可以给他们6万块钱的报酬。有的人做这些事情的时间久了，会意识到不对劲，但还是会不知不觉地浸到那个环境里。

短视频平台流行起来后，聋哑人基本上都刷短视频。我在普法时，收集到聋哑人最关心的法律问题之后，就将要讲的内容拍成视频，既有旁白、字幕，也配有自然手语的手势。2018年2月下旬，我第一次把自己的手语法律讲座的视频放到网络上。短短1个多小时的讲解，聋哑人自发地互相传播，还得到了1000多名聋哑人的"打赏"，一共收到1723块钱。大部分人的打赏只有1块钱，那些钱就是1000多名聋哑人对我的信任，被我用来作为后期给聋哑人提供法律帮助的费用。

为了方便聋哑人接受和理解，我在视频里普法时会把法律专业名词尽量用简单的故事讲出来。比如讲庞氏骗局，我就用简单易懂的大灰狼和小白兔的故事做比喻。在视频的画面中，左边是我用较慢的语速讲解，中间是不断变化的动画，右边是我用手语进行翻译：大灰狼谎称有一项收益非常好的投资，用小白兔B交的胡萝卜，给小白兔A作为回报。"拆东墙补西墙"，收到足够多胡萝卜后，大灰狼就逃之夭夭，小白兔们损失的胡萝卜都拿不回来了，这就是庞氏骗局。

这些视频在聋哑人圈内传播很广，反响很好。我把这个系列命名为"手把手吃糖"。一是因为我姓唐，和"糖"同音，更方便聋哑人记忆；二是因为我希望这些普法视频能像糖一样，让人轻松接受并消化。视频里的题材和内容，都是从我办过的案子中选出来的。在片尾出现的"法律讲堂"中，我会对相关的法律风险进行分析，并向大家做出维权提示。

2018年12月4日，我被评为CCTV 2018年度法治人物。颁奖词是：

> 不忍看，那嘶喊被按下消音键；不忍闻，那宿命里的霜雪经年。
>
> 你十指翻飞，接通了世界断裂的两端；你百战无惧，用法的武器护佑沧桑的心田。
>
> 成己达人，君子翩翩，正义有声，公道人间！

法治人物奖算是中国法律职业者最高奖项和最高荣誉。不才当时有幸站在领奖台上，但我的内心完全没有感觉。任何一个奖对我来讲，都没感觉。因为我追求的不是这个。所有的奖拿回来以后，我从来不在朋友圈炫耀。我国的诉讼法律里，针对聋哑人的规定只有一条：又聋又哑的人参与诉讼，司法机关应当为其聘请通晓手语的人才能诉讼。然后就没了，没有其他相关规定了。与奖项相比，我更需要的是社会能真正关注聋哑人群体，聋哑人能得到有效的法律保障。

谭婷是第一批被招收进律所的5个学生之一。她是那一批学生里面唯一坚持到最后的人。

谭婷，1992年出生，老家在四川大凉山。上小学时，她患上中耳炎，医生扎针治疗，结果导致她神经性耳聋，后来她的口语水平也不断下降。我选拔谭婷到律所之前，她在重庆师范大学读特殊教育专业，学习手语，也进行口语恢复训练。

谭婷和别的学生一样，以前从来没有接触过法学，也没有想过大学毕业后，自己会踏入对聋哑人来说似乎遥不可及的法律领域。到了律所，一切得从零起步。在培养他们的过程当中，要求他们学习各种法律条文，简单听起来就是让他们背、让他们记。但实际上，有很大的工作量其实不在他们身上，而在我和所里的律师们身上。因为从法盲的状态开始学法律，对法律的抽象概念和专业名词，是无法理解的，而我们作为施教者，必须要把法律条文中的专业名词和概念，用通俗的自然手语翻译成他们能够看得懂的话。很多词语就连不是法学专业出身的健全人都不知道，更何况聋哑人？所以在教的过程中，我们必须要经过两个环节，一个是翻译，一个是解释。

把法律条文和概念翻译成自然手语，这个工作谁来做呢？律师们谁有空谁做，包括我自己，也就是用整个律所的力量帮助他们学习。相应地，他们的学习强度也很大。一般来说，律所的律师负责教授概念性理论，教完以后就靠他们自学。自学完后进行测试，测试完毕再就薄弱环节进行强攻，整个过程如同学校的模式。

谭婷非常能吃苦，可以从早上9点一直学到晚上10点。除了学习，为了强化他们对法律概念的认识，我们还让他们参与聋哑人的案子，做到学以致用。谭婷说以前仅仅知道自己的痛苦，却很少考虑过有一天能够去帮助聋哑人，虽然学习很辛苦，还要接待聋哑人的法律咨询，但她觉得很有收获。

关于培养聋哑人律师这个计划，前景到底是怎样的，能不能把他们培养出来，我的心里一直是没底的，是未知的。谭婷学习法律后，她一开始选择的方向并不是成为律师，而是准备报考基层法律服务工作者，但考试办法在2018年重新修订，规定报考者必须是高等院校法律专业本科毕业，而她不符合报考资格。

我建议她参加国家司法考试，当时距离司法考试的客观题考试还剩4个月。经过准备，他们5个聋哑人走进考场，参加2018年国家统一法律职业资格考试的客观题考试。他们是全国第一批参加法律职业资格考试的聋哑人。一个月后，踏入考场参加主观题考试的就只剩谭婷一个人。最终，她的主观题考试差了10分，没有通过。第二年，我加紧对她和其他几名聋哑人进行魔鬼式训练。她又进入考场，结果主观题考试离过线成绩108分还差4分。

这期间，谭婷有无数次想放弃，我不停地给她做心理疏导。她父亲此前患癌症去世，在她第三次准备考试的过程中，她母亲生病了，也查出是癌症晚期。她说要放弃考试的时候，我很心酸，但劝她说："你母亲放疗和化疗需要多少钱，全部费用我们来想办法，你不需要考虑。你一定要去参加考试，你是聋哑人的希望。"她母亲躺在病床上，也对她说："你一定要参加考试。你不是为我而活，是为这个社会而活，应当去做一些对社会有意义的事情。"

谭婷第三次走出司法考试的考场时，给我发了一条信息，说："唐主任，我考完了。我马上要去成都的医院陪护妈妈。考得好不好，我不知道，但是整个考试过程中，我是一直流着泪考完的。"我回复她的，只有一句话："难为你了。"

司法考试的确太难了，在全世界来讲，是第一大考。我做律师到现在（2021年）都9年了，我的同学还在考，所以难度可想而知。那么，让聋哑人去考司法考试，难度更是无法用语言去形容的。

聋哑人学法律，最困难的点在客观因素。聋哑人无法跟社会进行有效的沟通，这导致他们整个圈子形成一个可以说是无法攻克或无法突破的闭环，整个聋哑人群体的生活方式、习惯，跟健全人完全不一样，久而久之就形成了聋哑人独有的一种思维。我举个例子说一说：聋哑人由于身体缺陷，听不到声音，无法表达自己内心的情感，传递信息的过程中就存在障碍，导致聋哑人在接受社会信息时仅凭眼睛看。如果健全人仅凭眼睛看，不加以思考或者不听，就只能看到表象。比如说"谢谢"两个字，如果用不同的语调说，表达的情感是不同的，内心的情绪是不一样的。聋哑人用眼睛去看事物，对事物的评判就仅凭看，不能更深层地了解事物的本质，渐渐地，他们的世界相比于健全人，就好比是二维相对于三维。因为健全人可以听见声音，会去评判声音背后的情感，以及对方想表达的深层意思。要让聋哑人用他们的"二维"思维去学习健全人的"三维"理论，比如法律，就是最大的难题。

2019年7月，美国一个聋哑人律师从纽约来到中国，带了一个翻译，特意到我们律所来拜访。我很礼貌地接待了他。我先对他说，"作为一名残障人士，你能够考到美国大律师牌照，我真的很敬佩你，很不容易。"然后又问："你们平常工作上有什么障碍吗？"他回答："没有，我们国家对聋哑人的公共法律服务体系建设非常完善，我出庭打官司都是毫无障碍的。"

我接着问："美国有多少像你这样的聋哑人律师呢？"

他是这样说的："我们各个州加起来，聋哑人律师和手语律师总共有38个。"下一句就是我吃瘪的时候了，他问我："唐律师，中国有多少个聋哑人律师？"当时是夏天，我却出了一身冷汗。我没有办法正面回答。这个问题让我内心无比尴尬和自卑，因为我知道当时在中国没有聋哑人律师。

2021年1月司法考试成绩出来了，谭婷终于通过司法考试，成为中国第一位通过司法考试的聋哑人。那是我这3年来最快乐的时刻。谭婷的坚持很珍贵和难得。我为她骄傲，为她专门庆祝这件事情，又给各方打电话，告诉大家这个好消息，还发了朋友圈——"守得云开见日出"。我花了那么大的精力，甚至一度濒临破产，当看到这个成果出现时，我简直找不出一个确切的形容词来形容那种激动和兴奋。

从2017年到现在，我们律所招的聋哑人，前前后后有30多个。我能培养出谭婷，至少给全国各高校政法学院和政法院校提了一个醒：聋哑人一样可以学法律。我也让全社会知道，近3000万人的聋哑人群体缺乏公共法律服务体系，现在我为健全这个体系添上了一笔，后面的第二笔、第三笔，整个体系的构建和完善，需要整个社会和政府一起实现。

谭婷脱颖而出，让我国聋哑人律师有了从0到1的突破。从内心来讲，我很明白自己只是一个法律从业者，最终的愿望是，让整个社会能关注到聋哑人群体的生活现状。正常人蒙冤之时有很多渠道可以求诉，甚至可以轻而易举地得到关注，就像《秋菊打官司》《我不是潘金莲》那种题材的电影也在呼吁社会。可是聋哑人这个群体，谁来发现？谁来关注？谁来呼吁？其实我培养聋哑人律师的初心是像张艺谋、冯小刚那样，让大家看到聋哑人的状况。在2019年下半年之前，我密集接受过300多家媒体的采访，但媒体的焦点都偏到我身上去了，我发现偏得有点离谱，因为健全人还是很难理解，聋哑人不就是听不到、说不出吗，又能怎么样呢？

不能准确表达自己内心的情感，不能进行有效的申辩，不能有效地哭诉或倾诉，那就是"哑巴吃黄连，有苦说不出"的一种现实反映吗？实际上，聋哑人的真正处境，他们的绝望，即使用"哑巴吃黄连"来形容也显得特别苍白无力。聋哑人跟健全人生活在同一个社会，聋哑人也是国家公民。我们都知道一个人参与到社会生活中，基本保障有两大板块，一个是就医，另一个是法律。

我经常跟来采访的记者说，现代医生是怎么看病的，首先患者到医院去面对医生，说出自己的感受和症状，然后医生依据症状来研判病灶，这时还没有达到确诊，就会要求患者有针对性地去做检查，通过检查报告来确诊，最

114

后才是开药治疗。显而易见，这个流程里，最关键的一个点是最开始病患和医生之间的交流，让医生明白患者的病灶在哪里。如果患者是聋哑人，不能有效交流，医生不知道他哪里患病，就只好通过各种检查来确定。可是，一套西医全方位的检查有多少项呢？1000多项。但一般的聋哑人患者也没那么多钱，去做1000多项检查。

基于无法顺利看病，聋哑人遭受的是什么样的结果呢？我可以举几个身边的例子，都是2017年之后发生的。

第一个是一名胆结石患者。胆结石手术，是当今先进医疗条件下微不足道的一种微创小手术，可是有个聋哑人在做胆结石手术时死在了病床上，因为他无法有效地向医生说明身体情况。

第二个是一名孕妇。我多少年都没听过"难产"这个概念，因为现在剖宫产技术已经很成熟。2019年，在一家妇幼保健院，一名聋哑孕妇生孩子，结果却一尸两命。

第三个是我父母原单位里的一名聋哑人职工。他就住在以前单位的老房子里，得了肺结核，去看病。他就想，那么恼火的一个病，还咯血，那要花多少钱呢？由于不知道肺结核属于特殊传染病，不知道国家优惠治疗政策，也不知道还有免费药，他就私下去找那种游医、所谓的"老中医"，给"老中医"写"我是肺癌"——他分不清肺结核和肺癌。"老中医"一听说是肺癌，就给他开药。中医治疗癌症基本上采用的是以毒攻毒的原理，很多药都有毒性，他吃了两个多月，把自己吃死了。

第四个也是我父母原单位里的一名聋哑人，得了红斑狼疮，医生开的很多药都是外敷的，他内服以后把自己毒死了。

说回法律板块，随着科技进步，火车发展成了动车，而聋哑人群体犹如曾经的绿皮火车，健全人就好比动车，动车越快，绿皮火车就被甩得越远。聋哑人不懂得法律，就不明白违法犯罪的概念，也不知道实施违法犯罪行为带来的后果，这就造成聋哑人犯罪率高（其中还包含健全人利用聋哑人去犯罪的情况）。

随着社会发展，那些不法分子的法律意识和反侦查意识也在提高，属于显性犯罪的偷盗或抢劫越来越少，因为很容易被人发现，也很容易被捉获。如今他们的犯罪形式演变为隐性犯罪，比如制造毒品、贩卖毒品、运输毒品，还有强迫卖淫、非法吸收公众存款，比如2018年那个轰动全国的案子，就是这类犯罪。

根据研究，犯罪的聋哑人基本上有不止一次前科，这是一个犯罪理论。据我了解，聋哑人参与社会经济生活，打工也好，做生意也好，由于没有法律意识，长期被人骗，因为他们不知道如何维护自己的合法权益。可以说，在工厂打工的聋哑人，百分之六七十都没有保险。当合法权益被侵害以后，聋哑人不知道该怎么办，永远都只能忍气吞声，因为他说不出，无法表达，所有的伤、所有的痛都只能自己忍。

就在今天，来找我咨询的一名男士，他妹妹被多次强迫发生性关系，导致怀孕。他妹妹是一名在校的聋哑学生，犯罪嫌疑人为了逃避法律责任，通过领导手中的公权力强迫女孩签协议，说女孩是自愿的。除此之外，还给月子中心和妇幼保健院下命令：聋哑女孩的家属一概不能见女孩。嫌疑人一方还天天在医院里威胁她，要她签字。

那些不法分子惹祸以后，有钱的通过钱摆平事情，有权的利用强权，类似情况的案子在我手里多如牛毛。听到他家的情况后，我已经很淡定了。那名男士说："我们这样维权是跟政府作对。"我说："不，我纠正你一下，我们不是在跟政府作对，我们恰恰是在帮政府。那个人不能代表政府。这件事情我们一定要坚持到底，我们是在帮政府清除害群之马。"

贵州的一个聋哑女人，被自己的公公，也就是老公的父亲，强奸长达6年。她曾经去过公安局，公安人员因为和她语言交流不通，直接拒绝了她。在她的意识里，公安不管，她就觉得这不是犯罪。

很多聋哑人遭受的现状就是如此惨烈。为了解决这样的问题，我更加坚定了培养聋哑人学法律的决心。只有提高聋哑人的法律意识，树立他们知法、守法、懂法、遇事用法的意识，才能让他们懂得给自己发声。

有些人问我："唐律师，谭婷作为一个聋人，做了律师，也不能跟法官和检察官沟通啊，怎么上庭打官司呢？"谭婷也曾经对我说："唐主任，我很迷茫。"我问："你为什么迷茫？"她说："我以后做了律师，该怎么实现自己的价值？怎么帮聋哑人打官司？"

其实，律师真正提供的法律服务有90%是在庭下，而不是在庭上。即使是健全人打官司，庭上也就是那一会儿，完了以后，最重要的详细辩护意见或者代理意见，都是形成文字版的代理词和辩护词后交给法官的。

我培养聋哑人律师，不是为了让他们去给法官和检察官出难题。我跟谭婷说："你的使命，就是要给全国的聋哑人普法，提高聋哑人的法律意识。因为如果整个群体近3000万聋哑人，法律意识不能够有效提高，就是出现十个一百个谭婷也是杯水车薪。所以，你的真正使命和目标是向聋哑人普法，不管是通过线上还是线下，作为星星之火去燎这个原，要让更多的聋哑人能看到，聋哑人是可以学法律的，是可以走上法律职业者这条道路的。"

如今，谭婷已经是一名实习律师，在一年的实习期满后，就会正式成为中国第一位聋哑人职业律师。她的出现，让社会和政府看到聋哑人在公共法律服务体系的空白。公共法律服务，说白了，就是让老百姓能够平等地参与法律生活，给不便参与法律生活的特殊群体提供体系建设上的帮助，最终实现无障碍。从某一程度上来讲，像谭婷这样的聋哑人律师，能实现和填补手语律师的作用，我觉得当初培养他们学法律的愿望正在一步步实现。

"对不起，聋人朋友们，我要自杀了。"有一天凌晨，我被枕边的手机提示音震醒。在一个视频里，我看到一个聋哑人正对着镜头，用简单的手语比画着。虽然睡眼惺忪，但我还是看清了那串手语的意思。

我赶忙把那段视频转到了聋哑人微信群里。11分钟后，视频里的那个聋哑人被认出来，定位在内蒙古，19岁的他因为失恋闹自杀。报警后，他被成功营救。

在我的手机里，有200多个微信群，还有1万个好友，每天咨询维权的问题，从早到晚，基本上没有停过。除了打官司，微信上的求助可以说是24小时不间断。我没法晚上关机，早晨醒来的第一件事，就是"消灭"微信上密密麻麻的"小红点"。

跟律师行业相关的影视剧很多，但演得跟现实生活差太远了，不切实际，我偶尔看一两眼就不看了，感觉太假了。有时间去看剧还不如真正做点实事。有人问我一年到底要办多少件案子，我一天才睡四五个小时，哪有时间来统计那个。我很羡慕同龄人有时间去泡吧，去放纵一下自己，但我不行。作为一名律师，应当有法律职业者的庄严形象，现在认识我的人很多，不能给人家留下一点不好的印象，不过这个是次要的，最主要的是我实在没时间。

我的大腿上长了一个肉瘤。有一个很好的朋友，是医科大学附属医院的教授，多次让我去动手术。以前是黄豆大的瘤，现在长到大拇指指甲壳那么大，而且有两个了。听说动手术要活检，看看是良性还是恶性，我说没那么多时间。有一次她带上手术器具到我办公室来，要给我动手术，但是那天我很忙，她在办公室外边等了6个小时，最后走的时候给我发了个信息说："兄弟你就作吧，等死吧。"我已经6年没体检过，不敢去体检。现在的瘤子非常明显，但是很怪，有的时候疼，有的时候不疼，我也没办法。

2017年11月，我工作压力很大。一个星期五的晚上，为了放松一下，我闭着眼睛在中国地图上点了一下，睁眼一看，点到了广州。我就订了去广州的机票，下了飞机就打个车，司机问我去哪里，我说你想把我丢在哪里就丢在哪里。结果司机把我丢在了沙面大街。

我在沙面大街逛到一家卖茶具的店。我推门进去，看见里边的女老板很漂亮，长相很像香港明星杨千嬅，她第一句话就问我："我们是不是认识？"我说我第一次来广州，不用招呼，我只是随便看看。但她一直跟着我，我挺不自在的，就想走了。她叫住我，说想和我聊两句，请我放心，别无他意。我坐下以后，她给我泡了一壶茶，说："我们俩很有缘，我想送你一样东西。"

她拿出一个木盒，我打开一看，里边是一个纯银打造的水壶，用手机在网上查了一下发现价格差不多都是1万元以上。我说这么贵重的礼物我不能收，因为无功不受禄。她坚持让我收下，我说："那你给我一个理由。"她说："你有一双能救人的手，你这双手很特别，可以救很多人。"我问她是从哪一点看出来我这双手可以救人的，她说，不好明说。最后我收下那个礼物，问如何感谢她。她说不用感谢，只有一个愿望，期望我的双手能救更多的人。

这个故事听起来有点天马行空，有点玄，但事实就是那样，不带一点夸张，不带一点虚构。她的那番话，也许与我在网上的一句签名"指尖上的正义"不谋而合。

说老实话，从小到大，我经常看着自己的双手问自己，为什么偏偏是我生在聋哑人这个圈子，长在这个圈子？为什么偏偏是我那么了解他们？为什么偏偏是我恰好对手语这门语言有一定的天赋，过目不忘——我的语言天赋是周围所有人都公认的。为什么偏偏又是我选择了法律这个专业？所有的机缘看似误打误撞，但宿命的指引也好，社会使命的召唤也罢，最终还是成就了我想帮助聋哑人的信念。

聋哑人的案子太多了，我办理过的案件遍布全国，连西藏的都有。他们遇到的问题大同小异，案例大同小异，司法机关出错的地方也大同小异。除了给聋哑人提供法律咨询和诉讼服务，我们还提供代理报案，也就是如果聋哑人跟公安沟通，公安将他拒之门外，那么我们就把公安的工作"捡"起来。调解本来也不是该我们干的，应该是法官干的，但是法官不懂手语，所以我们也把法官的这部分工作"捡"起来。因此我们律所有一个外号，叫"四不像"。

聋哑人沟通不畅，导致他们在诉讼中、在法律生活中存在很多不公平的地方。每次接触到这种案件，我就很愤慨，所以，只要发现聋哑人的案子有问题，我感觉自己就像"愤青"一样。

2020年我接到一个案子。湖北一个聋哑人的母亲来找我，说儿子有冤情。我问她如何断定儿子的案子有冤情。她说案子开庭，她在现场，听到法官和检察官说了很多内容，但是手语翻译员就跟她儿子比画了几个动作。法官询问案情，她儿子不停地比画了好久，手语翻译员说了几句话就完了，因此她严重怀疑信息的表达传递不对称。

我了解到，给她儿子定的犯罪行为是盗窃，而所谓的冤情不是她儿子没有盗窃，那么存在的问题是什么呢？凭着职业敏感性，我感觉案子肯定有问题。于是我去了湖北见嫌疑人，跟他核对一审法院判决他5年有期徒刑的理由。他承认盗窃，但不承认盗窃物品清单里的金项链、金戒指和金耳环。调取一审公安机关侦查室的录像，我发现这个聋哑人在供述自己参与的盗窃事实时，自始至终没有提到金项链、金戒指和金耳环，而这些金饰全是手语翻译员说出来的，而且这些金饰的价值在他所盗窃物品的总价值中占了绝对重要的比重。二审时，我把这个问题反馈给法官，法官就把那部分金饰的价值剥离，将5年刑期改判为2年。这个聋哑人确实犯了错，盗窃了东西，但是不能因此就践踏其人格，随意往他身上制造冤案。

每当这种时候，我就督促自己，在内心告诉自己，要赶紧做出更多的成绩来，赶紧改变聋哑人的法律生活现状，不然社会矛盾得不到解决反而会被激化。如果聋哑人长期不能平等地参与法律生活，在司法诉讼中得不到公平和公正的对待，那么他们就可能仇视社会，这对社会是百害而无一利的。我们作为律师，最终是要推进形成法治社会的。我对这一点特别有紧迫感。

曾经有很多时刻我感到无力，很多次想过打退堂鼓，因为我是有血有肉的人啊。但不管产生那样的想法多少次，每当第二天上班遇到那些聋哑人，看到他们渴望、无助、乞求的眼神，我所有既定的想法和安排就会被全部打乱，前一晚做的心理建设，一下子就被击溃了。如果说，我都打退堂鼓了，那还有谁来替聋哑人说话呢？

有个比较有名的人大代表对我说过，他完全想象不到聋哑人过的是什么生活，觉得聋哑人都很励志。我当即说："你说的个别聋哑人，代表不了聋哑人群体，不但代表不了，而且和日常聋哑人群体的距离非常遥远。"

从我被评为全国法治人物起，律师圈子里就有些声音很含蓄地说，唐律师是一个善于经营的人，也有说得很露骨的。重庆本土作家李燕燕写关于我的报告文学，去采访一位律师老前辈，问对我有什么评价。她得到的回答是："唐帅那小伙子很不错，他在我心目当中，是一个很出色的品牌运营家。"李燕燕转述给我时，我拍案而起，把她给吓住了。李燕燕说："你那么一个温文尔雅的人，居然发这么大火？"我说当然，我办理聋哑人的案子，如果真的是为了创建一个品牌来换取经济效益的话，用十几年做铺垫，那我这个所谓的"品牌运营家"未免也太挫了吧？我如果真的是品牌运营家，现在可以向世界宣布退休。

2018 — 2019年，很多人向我抛出橄榄枝。好多基金会要给我捐钱，很多助听器厂商给我发来邀请函，希望我能做他们的形象代言人，说广告费可以谈，要我开个价。我回复说，对不起，我一分钱不要，我一单都不接。

我们律所的业务里，70％是健全人的案件，30％是涉及聋哑人的案件，6∶4是极限。刑事和民事案件都有。只要聋哑人找上门，我一定会接。绝大多数聋哑人根本出不起请律师的钱，四五十个案子里可能才会有一个按照正常标准交费的。我们律所办的聋哑人案件越多，亏损越大。一个聋哑人的案子，需要好几个健全人的案子去贴补，不然律所根本没办法运行，我总感觉这样有种"劫富济贫"的意思。

最近4年以来，我自己的房子、父母的房子，包括我买下的这个办公室全部抵押给银行，就是为了支持聋哑人群体。当我的财务状况亮红灯的时候，我接不接那些钱呢？我也是个凡人，人家一提钱，我内心也痒，但是如果接了，可能就变得目的不纯、初心不正，这些都是我知道的道理。我很明确地问过自己一个问题，所有的努力究竟为的是什么？既然是为了聋哑人群体，要改变社会填补聋哑人公共法律服务体系的空白，推动我国立法机关针对聋哑人做出有效的立法，我自己就应当承受这些痛。

以前，唱歌是我的兴趣爱好，但我现在抽烟抽得多，快成了破锣嗓子，已经很久没唱过歌了。我喜欢张国荣的一首歌，名字叫《我》，里面有句歌词"我就是我，是颜色不一样的烟火",我很喜欢。张国荣是一位不可多得的、真正有品格、有人格的艺术家,从艺术的角度来看,他有《霸王别姬》里"不疯魔不成活"的专注。有时我觉得自己服务聋哑人群体,那份专注也和他的相似。其实我身边的同学也好,朋友也好,绝大多数人对我的印象和评价就是疯子。比如我把抵押房子、车子甚至办公室的钱都投到聋哑人的事情上,很多人就不理解。

我现在的爱好剩下的只有喝茶和喝咖啡了,不过茶、咖啡对我来讲,仅仅是爱好,对于提神没用。2019年,湖南卫视来拍我的纪录片,我每次面对镜头看起来都很有精神,但只要镜头一关,我就想睡觉,犯困,没精神,不是这里痛就是那里不舒服。他们就给我槟榔,让我提提神。一个,两个,三个,逐渐上瘾了。后来这个东西成了我提神醒脑的必备工具,我一天要嚼几包,我身边所有人包括医生都奉劝我,这个东西过量了,就容易致口腔癌,但是我回答他们,我没办法。因为聋哑人现在迫切的情况,容不得我懈怠和放松。

因为有手语专长,又常接聋哑人诉讼案,我被称为"全国唯一的手语律师"。在14亿人口的中国,比起我这个"唯一",我觉得全国约3000万的聋哑人群体,才更需要社会关注。这些年,因为这个"唯一"的头衔,聋哑人遇到困难都来找我,这不一定是因为我的水平高,而是反映了我们这个社会能够替他们服务的专业法律人士太少了。我愿做聋人的耳，做哑人的嘴，但我不想当"唯一"。我希望，随着法治进步，能看到越来越多的聋哑人参与到社会生活当中，和健全人一起，为社会的发展进步贡献自己的力量。那时，在手语律师这条路上，我将不再孤单。

2021年1月10日下午，我与母校西南政法大学合作开设的"卓越公共法律服务人才实验班"正式开班，计划每年在新生中遴选40名学生。这是正儿八经的一个专业，健全人学法律和手语，手语学分高达22分，手语不及格，毕不了业。我们开设这个班的初衷，是培养一批既懂法律又懂手语，能够直接为聋哑人提供法律手语服务的专门人才，填补聋哑人公共法律服务体系的空白，让他们能够无障碍地参与法律生活。

这些年，我见证了聋哑人群体的一些明显变化。越来越多的聋哑人进入各行各业，有的开咖啡厅，有的开洗车行，有的做快递小哥和外卖小哥。虽然他们不能言语，但凭借自己能力挣钱吃饭的聋哑人越来越多。以前称呼我"唐法师"，现在改叫我"唐律师"的聋哑人也越来越多，说明我们坚持普法的效果是显而易见的，必要性不言而喻。现在国内的聋哑人遇到法律问题，找我们律所的越来越多，这印证了他们有了法律意识，知道出事了该找谁。我培养了谭婷，画出了前无古人的一笔，为我国司法体制特别是公共法律服务添上了前所未有的一画。我预计团队培养的聋哑人里面将会出现第二个"谭婷"。这些亲身体会的变化，让我感觉特别自豪。

我把自己的青春和精力全部奉献给了聋哑人，直到现在连家都没成。原来说过工作这么辛苦这么累，干到40岁就退休，现在推迟到45岁，到了45岁以后做什么呢？我还有父母，我想为他们活一回，多陪陪他们。

记得7岁生日时，外公问我的心愿是什么，我说想吃苹果。晚上八九点他给我买回了几个苹果，但是每个苹果都有洞洞眼眼，没有一个是完好的。我把坏掉的部分切掉，边吃苹果边对着月亮许愿：长大后我一定要挣大钱。我前几年有房有车，算是实现了小时候的愿望，但是现在房子、车子都抵押了。2018年，我作为区人大代表，在重庆两会上提议成立独立的手语翻译协会，这个协会可以培训手语翻译员，制定专业名词的规范翻译。尽管我努力争取，但那个议案的反响不大，不过这个心愿我是一直有的。

如今，我有三个愿望。一是在未来继续推动成立全国性的手语翻译协会，可以吸纳更多懂自然手语的人才，促成国内手语翻译职业资格考核和认定的标准化，同时建立法律、医学等专业领域的手语翻译标准，更重要的是，协会可作为第三方对各类诉讼中涉及聋哑人的部分进行监督和指导。二是希望司法机关成立专门的聋哑人手语审判庭。因为现在通过互联网办案很成熟，杭州有全国的互联网法院，在此基础上，利用先进的设备、会手语的法官和检察官，组成聋哑人手语审判庭，承办全国的聋哑人案件，像互联网法院一样通过视频开庭，就能避免那些不懂手语的手语翻译员乱翻译而产生冤假错案。三是希望既精通手语又精通法律的人才越来越多。

最后我想发自肺腑地做个总结。如果这三个愿望都能够实现，那我觉得这一辈子很值得。我会很庆幸，自己曾经为聋哑人毕生奋斗过，留下在这个世界走过一遭的证据。

生命摆渡人

作为一名专职器官捐献协调员，我的使命就是在逝者和生者之间打开一条通道，让逝者生命延续，让患者重现生机。

时间	2019 年 4 月
城市	深圳
讲述	高敏

如果生命不能继续，就让生命延续生命。

器官移植被誉为21世纪最伟大的医学成果之一，是拯救和延续生命的一种特殊方式。

我作为我国第一个器官捐献协调员，见证了器官捐献从深圳一步一步走向全国。

1966年，我在山东省济南市商河县出生。1997年，我到深圳帮妹妹照看孩子。一次上街买菜时，我看到路边一辆无偿献血车，就记起小时候看过的小人书里面，白求恩大夫献出鲜血挽救了八路军伤员生命的故事，心想自己也有机会通过献血去救人了。后来，我渐渐成了深圳市红十字会无偿献血的"常客"，也成了深圳市红十字会的志愿者。

1999年，深圳大学向春梅老师不幸患癌，她向深圳红十字会提出身后捐献器官和眼角膜。但她因为癌细胞转移，器官不能用，只有眼角膜可以捐献，延续别人的光明。6月13日深夜，向春梅被癌症夺去生命，她的一对眼角膜分别捐献给了一名姑娘和一名老人。她是中国首位无偿捐献眼角膜的人。

我以前在老家没有听说过遗体捐献和器官捐献。我初次听到向春梅老师的事迹，知道了人去世以后，器官可以从一个人的身上转接到另一个人身上，而且能让那个人健康地生活，觉得特别神奇。

其实，深圳的"三献"（献器官、献骨髓、献角膜）工作都走在全国前列。2003年8月，《深圳经济特区人体器官捐献移植条例》出台，成为中国第一部器官捐献移植相关法例。4年后，全国《人体器官移植条例》（2024年5月1日起废止，施行《人体器官捐献和移植条例》）才颁布。

深圳市红十字会邀请相关部门到香港学习和调研那里的器官捐献工作，回来制作登记志愿者资料的小卡片和宣传资料的册子，放在一些医院里面。小卡片跟名片一样大，宣传册也印刷得很小。我在门诊拿起那些册子和小卡片，翻来覆去地了解。有爱心市民去献血时，我就给他们讲，他们一听都说这是好事。有的人就填写卡片，然后我收集起来送到红十字会，把资料入档。

我真真正正、完完全全地理解器官捐献这个事情，是在2005年8月底。深圳红十字会当时只有5个工作人员。有一天他们出去调研，会长给我打电话说办公室不能没人，让我过去负责接听几天电话，市民有什么需求就记下来。比如记下小额的捐款，保存发票的第一页和第二页，将第三页交给捐款人。如果是大额捐款就等财务人员出差回来办理，因为要验钞。

第二天，我在深圳市红十字会值班，接到一个来自湖北的电话。那名女士的语气很着急，她可能憋了很多天的话，而且心里悲伤苦闷，一下子就忍不住哭了。

我安慰她慢慢讲。她说女儿叫金金，18岁，是高中生，多才多艺，学习成绩在年级名列前茅，下晚自习后因发生交通事故，颅脑重度损伤。医生说无论怎么努力都救不回来了，目前她女儿在医院靠呼吸机维持着。

她说了解到外国器官可以救人。医生说她女儿所有的器官都是完好的，只有头部受了重伤。她实在不忍心让聪明乖巧的女儿白白地走了，就想把女儿的器官捐出来救别人，也好留个念想，这样她心里会觉得女儿没有离开这个世界。

由于当时器官捐献体制不健全，她给很多地方红十字会打了电话，都被拒绝了。她说在深圳打过工，偶然看到街头相关的公益广告，知道深圳可以。她在电话里对我说："求求你，帮帮我。"

深圳市虽然在2003年就出台了《深圳经济特区人体器官捐献移植条例》，但两年过去了，只做过眼角膜和遗体的捐献，并没有器官捐献的案例。

我就找自己认识的医生，再通过医生找医生，最后找到了武汉大学同济医学院器官移植研究所的陈忠华教授，把资料传真给金金的妈妈，她填好以后再传真给我，我整理以后反馈给陈教授。陈教授就带领团队赶到金金所在的医院，全面评估以后，当金金没有了呼吸时，按照器官捐献的标准流程，完成了捐献的全过程。

金金的肾脏救了上海的2个小男孩，肝脏救了武汉的1个男孩，眼角膜让4个眼疾患者重见光明。信息反馈回来，我完全没想到，自己无意间促成了我国首例无偿多器官捐献案例。我知道，在自然界，一朵花凋谢了，就结一个果子。但一个生命结束了，不仅救了3个人的生命，让3个家庭重享天伦之乐，还帮助4个人重见光明，相当于救了7个人。

我觉得，这是个好事情，值得宣传，见了人就说。

我做事的习惯，好听点叫执着，不好听点叫固执。在无偿献血和造血干细胞捐献志愿者工作方面，我一直倾尽全力地做。会长说，深圳在这方面已经是全国的一道亮丽风景线，市民不用说都知道怎么做了，问我能不能把器官捐献工作做出特色。2006年下半年，我的工作职责就往这边转移。2007年，我成为深圳市红十字会器官捐献志愿协调员，也是我国第一个器官捐献协调员。

根据国际惯例，器官组织捐献遵循"双盲"政策，就是捐献方、受捐方对彼此信息不了解。所以，我作为器官捐献协调员，在人体器官捐献和移植工作中起着桥梁作用，要发现潜在的、符合条件的捐献者，征得捐献者或其亲属的捐献知情同意，并协调捐献者、捐献者亲属、医院和相关部门完成器官捐献。然后到殡仪馆办理手续，给家属颁发遗体捐献证书，帮助亲属向遗体告别。后期工作还包括对捐献者亲属的关爱、慰问。

2008年，有个26岁的小伙子，长得很帅气。他在5月13日早上骑摩托车遭遇车祸，医生竭尽全力抢救但希望渺茫。他的哥哥和姐姐就联系红十字会，提出捐献，我半夜赶去了医院，办理相关手续。

15日早上不到5点，他的爱人本来还有20多天才临产，但因为悲伤和痛苦打击就要早产了。7点5分，小孩诞生了。他们已经有一个女儿，就盼望这个孩子是个男孩，而且名字都已经起好了，叫"继祖"。结果生下的还是个女孩。亲属都说，如果这个小孩不早产的话，他会有一口气一直在撑着，如果这个小孩生下来，他就撑不住了。

本来他早上的状况还算稳定，但下午情况就不好了，联系的北京专家已经到了机场，但只好通知他们回去了，因为已经赶不及了。大家抱着孩子到了他的床前，父女对视着，他的心率一下子就下来了。后来，他捐了眼角膜、肝脏和肾脏，有5个人重获新生、重见光明。

2008年国庆节期间，来自贵州的布依族小伙子杨帅，也是26岁，为了帮补家用，骑摩托车载客，不幸发生交通事故，造成头部受伤。医院最终确诊为脑死亡，他只能靠呼吸机维持生命。

杨帅在深圳打拼多年，一直向往能在深圳安家，把家人接去一起生活。他的堂哥给我打电话说，深圳的一些爱心人士到过他们的山区支教，教他们学习读书，他们才从大山来到深圳。堂哥说杨帅很喜欢深圳，想把遗体捐献给深圳，算是对深圳爱心人士的回报。

杨帅的爱人王丽是个淳朴的女人，没有读过书，不会写自己的名字。她在丈夫出事后才赶到深圳，我到医院后一边陪着她，一边向杨帅的其他亲属解释器官捐献的相关事宜。

就在我教王丽签完字后，一个来自湖北那边烧伤科的医生来电话说很发愁，有两个烧伤病人很严重，要是有皮肤能移植就好了。深圳的医生说杨帅的皮肤还很完好，就问是否同意捐献。这时亲属都沉默了。

一边是逝去的杨帅，一边是命悬一线的病人，我内心十分挣扎，只得硬着头皮再次询问王丽是否能同意再捐出杨帅的部分皮肤。

没等我话说完，她顿时崩溃。我也十分难受，抱着她哭了出来。本以为捐献皮肤的请求已经无望了，这时杨帅的堂哥哭着劝弟媳，说捐吧，这也是积德行善的事情。"他要是活着的话，别人动他一下我们都会心疼。他现在呢，已经离开我们了。如果能多救一个人，我们在世界上就多一个亲人。别的家庭就不会像我们一样失去自己的亲人了。"

王丽很艰难地拿起笔，我教她在表格上打个钩，然后按了指纹。放下笔，她就趴在我的怀里又哭起来。我胸前的衣服都被她的眼泪湿透了。

杨帅是深圳第25位多个器官捐献者，在全国是第93位。他是国内第一位捐献人体器官的少数民族人士，也是我国第一个无偿捐献皮肤的人。最终，杨帅捐献了心脏、肝脏、2个肾脏，还有皮肤和眼角膜，一共救了9个人。

接下来的那段时间，捐献特别集中，一个接一个。转眼就到了2009年2月11日早上，我正在帮一位老人办理捐献手续，突然接到广东某市的一个电话。那人叫郭文，说他的二哥郭光因为摩托车事故，已经留不住了。医生问他怎么办，他说想捐献器官。

我就坐车过去，在办理手续的时候，那里的医生都很支持器官捐献，还通知了媒体到场报道。同时我还通知了广东省红十字会的领导，他们从广州赶过来。但到了第二天，医生就反悔了，说不能在医院做手术。我询问为什么，他们说不为什么。半夜三更，我们只好联系当地人民医院派救护车来，一辆车接亲属，一辆车接病人的遗体。

14日凌晨，来自北京、天津、广州的专家，在郭光父母、兄弟的见证下完成了捐献心脏、肝脏、肾脏和眼角膜的手术。从12日凌晨一直到遗体捐献完成,三天三夜我就只喝了两杯水,没吃别的东西,但是一点饥饿的感觉都没有。

捐献结束后,往殡仪馆送遗体的时候又出了问题。殡仪馆问报警了没有。因为没有伤及别人就没报警,殡仪馆说必须要报警。我们到交警队去,结果被告知报警太晚了。

直到事情处理结束,已经过去了整整一个月,其间我多次来回跑。郭光,25岁,是广西仡佬族人。好在结局是,郭光救人了,而且把"光"留下了。他的哥哥说:"我的兄弟没有白来这个世界上走一遭。"

一个询问器官捐献的电话,让我和一位阿姨成了莫逆之交。

她叫刘雪,和丈夫程平都是新中国第一代文艺家。刘阿姨是一个特别自立的人,不想给儿孙们添麻烦,就和程叔叔联系了深圳的养老院出去住。

2011年7月,程叔叔患了肾癌,病情急转直下,住进了重症监护室。71天后,程叔叔在深圳辞世,捐献出了一对眼角膜和遗体。程叔叔弥留之际，刘阿姨一遍遍亲吻着他的额头。他们相扶相伴近70年，刘阿姨受到的打击特别大。侄子请她去云南休养，但她去了那边出现高原反应，回来以后身体状况就不好了，所以到北京做手术。

到北京后，她时时想着深圳，总是问我深圳现在怎么样。我说深圳的花开了，漫山遍野都是鲜花。她说，我好想回深圳。她还跟我说："小高，自古三皇五帝都避不开'死'这个字，我们凡夫俗子就更不能避开。我们都是唯物主义者，不忌讳谈死这个事情。我承诺过要把遗体捐回深圳，我爱深圳。"

我说："阿姨，这是我们共同的承诺，我一定接你回深圳。"

2017年9月14日，距离程叔叔去世整整6年，我不知道是不是冥冥中的相约，她突然病危，留下最后两句话：高敏来了吗？深圳的车到了吗？

我赶到北京，在病房里吻别她的时候，她的皮肤还很柔软，有弹性。我说："阿姨，我来接你回深圳。你安息吧。"

刘阿姨和程叔叔一生都在践行"人道、博爱、奉献"的红十字精神。那个给我鼓励，和我分享快乐，真正懂我的人走了，对我真的是挺大的打击。那一次，当病房里没有其他人了，我号啕大哭了一场。

跨越2826公里，刘阿姨捐献了遗体，最终与丈夫在深圳"团聚"。

早在当年，刘阿姨和程叔叔登记了捐献资料，记者去采访后发表了一篇小文章。

这篇文章被从美国归来的黄先夫妇俩看到了。他们1979年从广州的钢铁厂退休，因为儿女和所有亲友都在美国，后来就移民美国。10年后，他们特别想回到深圳居住。

看到那个报道时，他们已经回国10多年，他们的中国护照、美国居住证（绿卡）、回美证明等身份证明文件，都已失效。

2010年9月初，我收到两位老人的一封信，说他们是从国外回来的，想留在中国。电话号码也写在信上，同时附了一张信纸、一个信封、一张邮票。看到刘阿姨的事迹，他们终于找到永远留在祖国的方法。我去见了老人，媒体进行了报道，我们还找了侨办等机构争取给老人办理户口。

有一天，老爷子给我打电话，说："小高你还记得我吗？我是黄先，奶奶住院了，查出来有肿瘤。"

我问要手术吗。他说，肿瘤是恶性的，那么大年纪，不做手术，不遭罪了。黎奶奶在医院住了180天。2011年11月17日夜里10点45分，老人的心跳停止，生命止于87岁，捐献了遗体，还有眼角膜。

这样，老爷子就更不同意回美国了，身份证也不办了。后来我跟深圳大学医学院的学生定下了规矩，逢年过节或一个月一次去陪陪老人。老人写了一个卡片，说："高敏啊，我把你的名片和电话放大了，写在这儿。你就是我在祖国的亲人。我在祖国发生了任何事情，他们要第一时间通知你。我所有的身后事都交由你来办理。我跟儿子女儿都说了，他们都同意了，你同意吗？你要是不同意，这个就不作数。你要是同意，我就在家里的茶几这里放一张，我在身上随手装一张。"

我说："爷爷你这么信任我，谢谢。"他就把那张卡片装在塑料袋里，贴身装着。

黄爷爷的生活至今完全自理。每次见到他，跟他坐在一起，看见他这么健康，我会觉得特别安心。

丁田，是中国首位捐献亲属器官的未成年人。

2011年7月26日早上，丁田要去上学，他妈妈突然不舒服，处于昏迷状态。他赶紧打120，医生全力抢救，最终却没有救回。

丁田生活在单亲家庭，很乖巧懂事。他给我打电话时，妈妈还有一丝自主呼吸，没达到捐献的要求。但是他始终记得妈妈说过，如果有那么一天，活不了了，就把有用的器官都捐出去救人。

8月2日晚上，我去办理手续，他站在旁边。丁田长得很高，我问他多大了。他说13岁。我说你没有民事行为能力啊。他说委托舅舅做法定监护人，舅舅签了字，他也签了字，小姨也签了字。8月3日9点多，他的妈妈心跳停止。

如果心跳无法恢复，将无法完成捐献意愿。所有人都盯着我，我让医生继续抢救。

丁田坐在病房外，很着急，抓着自己的短头发，嘴里叨念着："妈妈一定要坚持啊。你要去救人。"大家都在ICU门口等着。我进入ICU，手抓着一个台子，看着医生们竭尽全力做着心肺复苏，他们的衣服都湿透了。

突然，护士长说心跳恢复了，我马上开门告诉亲属。丁田跳起来，抱着舅舅，说妈妈挺过来了，妈妈真棒。这时专家组到了楼下。

下午4点多进手术室，5点医生出来说因为高血压，心脏不能救人，但半月板可以帮到4个人，问是否同意捐献。我去问了丁田的舅舅和小姨，他们让我问丁田。

他说愿意。"妈妈还可以多帮4个人，我同意捐。"当时他自己蒙蒙的，过了一会，他说眼睛怎么看不见了。其实孩子是急火攻心，几天没睡觉，太累了。

特别难得的是，才13岁的孩子，没有了妈妈，但是他特别阳光，很乐观。他妈妈的器官救活了11个人的生命。他说以后要考医学外科，要治愈和妈妈一样的患者。孩子后来真的考上了医学院。

丁田后来告诉我："妈妈从小就鼓励我要乐于助人，我只是帮妈妈完成她的心愿。妈妈的器官开始了新的生命，会让我感觉妈妈她没有离开我。"

2012年2月15日，圆圆的父亲到献血站找到我，我刚好献完血。

圆圆是一名20岁的大学生，到深圳毕业实习。春节买不到火车票，没有回家，洗澡的时候煤气中毒。她的父母是湖北一个县的农民，一家人生活艰难，为了培养女儿读大学，几乎倾尽了所有。面对突如其来的打击，家里连到深圳的路费都拿不出来，多亏村民和女儿同学的募捐，他们才赶到深圳。

一家五口睡在医院ICU外的小走廊里，苦苦守候了十几天。但是最后医生告诉他们，钱花了八九万了，没有救助的希望了。他们在医院走廊里，看到器官捐献的宣传册时，做出了一个出人意料的决定。

那对农村夫妻，朴实得不能再朴实，难过到了极点，说话都不太流利。圆圆父亲喝了一小瓶烧酒，借着酒劲，也算是酒后吐真言，说："村里乡里乡亲都帮我，医生尽力了，我尽心了，实在是叫不回她了，那就把她捐出来，帮助有需要的人，也算回报帮助她、关心她的人。"

根据《人体器官移植条例》规定，捐献者死亡后，经捐献者配偶、成年子女、父母以书面形式共同表示同意，遵循无偿、自愿的原则才能进行捐献。经过两次会诊，专家认定，圆圆符合捐献要求，只要父母签署停止治疗的同意书，就可以进行手术，但我突然找不到圆圆父亲了。我楼上楼下找，结果发现他在围着那个楼转圈呢。当亲属犹豫不决时，我能做的，就是静静地等候，毕竟签完字，便是永别。

经过反复的痛苦纠结，圆圆父亲最终还是在器官捐献同意书上签下了自己的名字，同意捐献女儿的心脏、肝脏、肾脏、眼角膜和遗体。

签署完停止治疗同意书，圆圆的父母走进病房，和女儿进行最后的告别。圆圆父亲说："圆圆，你还说孝敬爸爸妈妈呢，你咋不孝敬呢？你说还要读书呢，我让你读啊，我的圆圆。"

2月17日凌晨1点，圆圆的呼吸机被摘下，然后她被推进了手术室。根据规定，亲属不能进入手术室，我作为器官捐献协调员则在手术室里见证了手术全程，并拍照记录被取走的器官。

她的小表哥跟我说："阿姨，妹妹的头发，能不能让我们带回家去？"我剪头发的时候看到圆圆有两条小辫子，心里就跟针扎一样的痛。

她的名字，不仅是圆圆，还是无数个圆，圆了无数人的梦。

伟大的小孩梁艺是广东湛江人，特别懂事。孩子的父亲头部受过伤，妈妈支撑全家。孩子很孝顺，他曾经跟妈妈说一定要好好学习，以后当大老板，给妈妈买汽车，买大房子住。

跟着哥哥姐姐到深圳读书后，他的想法改变了。他说以后当科学家，要造飞机，造火箭，建设祖国。问他为什么。他说，同学和老师都很好，街上的清洁工把环境打扫得很干净，献血车前面人们排队献血救人，他们都很伟大，以后他也要献血，要做个伟大的小孩。

可是，2014年4月他在医院检查出患了脑瘤，在医院待了一个多月。老师和同学们去看他，还给他捐款。他很感激，说他要快点好起来，要好好学习，以后当医学专家，救助有需要的人。后来，他病情越来越重。他跟妈妈说："我要是不行了的话，你就把我捐出去吧，我也想像那些献血的叔叔阿姨一样。"

我见到梁艺的时候，他的病情已经特别危重了。6月6日下午4点35分06秒，他在手术室内平静地离开了人世，年仅11岁。孩子捐献了肝脏、肾脏、眼角膜、遗体，使7个人获救。

尽管已经面对过上百位捐献者，小艺自己决定捐献器官这件事还是震撼了我，我依然感动得流泪。他太懂事了，还那么小。

笑笑是深圳大学医学院第53位无语体师（"无语体师"是对遗体捐献者的尊称）。

2016年12月24日凌晨5点，正下着雨，我接到儿童医院医生的电话。6点50分我赶到医院办理笑笑遗体相关手续。当时笑笑父亲回家给女儿拿衣服去了，笑笑母亲在那里一直哭。

笑笑患了急性淋巴系统白血病，病情来势汹汹，从生病到离开时间很短，她走的时候很安详。我进入病房，护士正在轻轻地给孩子擦拭身体。我看到她整个身体都是乌紫色，因为后期孩子的凝血功能都坏了，每个毛孔都是出血点。因为打激素，才5岁的孩子，全身肿得变形了。

　　擦洗好以后，护士轻轻地给她把衣服穿上，然后把她喜欢的一个小娃娃放在旁边。笑笑父亲打电话过来，说为了救治这个可爱的女儿，筋疲力尽了，现在能做的，就是把她的遗体捐出去，让医学专家们好好研究这种病，看能不能找出救治的办法。

　　8点20分，整个捐献手续办结，笑笑父母和所有医生、护士一起向孩子遗体三鞠躬。在这过程中，笑笑父亲眼泪一直往下流，而笑笑母亲抑制不住悲伤，整个身子都在颤抖。急性淋巴系统白血病患者，除了遗体，器官都捐不了，不能用于移植，笑笑最后就捐了遗体。其实可以说，笑笑父母的愿望也实现了，因为无语体师可以培养无数位满怀感恩之心、医术精湛的医学生。他们在以后的从医生涯里会救助多少人呢？所以遗体捐献，一样功德无量，一样大爱无疆。

从医60余年的现代针灸专家喻喜春，在2009年打电话给我说要捐献遗体。我说要征得直系亲属的同意。他说儿子在美国呢。后来我接到老人的儿子打来的电话，说老人身体不好，在治疗。老人说："不要做那些无谓的抗争了。我的身体我自己知道，已经没办法了，就把我安顿在家里吧。"

　　过了9年，2018年7月2日晚上，老人的心跳停止了。他的儿子打电话通知了我。我们开车过去的时候，那个地方在村里，路很狭窄。车子开进去，倒车都没办法。老人生前特别有人缘，很多邻居慕名而来，都想跟他做邻居。他捐出自己的所有，帮助了40个贫困大学生读书，后来有5个成了博士。

　　我们帮老人穿好衣服，没有电梯，就走楼梯从6楼抬着担架，把老人抬下来。几个邻居都用跪拜的礼节来送别老人。老先生捐献遗体的事迹也激励了他的亲人、学生甚至邻居加入到器官捐献公益队伍中。

　　器官捐献就是爱心和生命一路传递和交接，让更多的人因为这份爱而重生，用感恩的心回报他人。比如说，一颗珍珠只是一颗珠子，如果一串珍珠串起来就是项链，那种美丽，是一颗珠子无法比拟的。器官捐献的爱心，就像串珍珠一样，让所有的爱能够连接在一起，去温暖更多的人，让更多垂危的生命重温生命的美好，让更多的家庭因为家人的重生而再享天伦之乐。器官捐献者也许无法被人们全记住，但他们都是平凡而又不平凡的英雄。在我心里，这样的英雄还有很多。

14岁的钟嘉豪身患地中海贫血，自愿提出捐献器官。一路长途颠簸从广西来到深圳，在他15岁生日到来的半小时前离开人世，还没来得及看一眼医生护士为他准备的生日蛋糕。

河南的四兄弟在深圳打工，最小的弟弟不幸患尿毒症，最终没有救过来，决定捐献器官。我在协调捐献时，得知为了给弟弟凑钱治病，三位哥哥半年多没吃过肉，3年没沾过排骨，我就说请他们吃肉、喝排骨汤，帮他们付房租。没想到，三个一米八几的汉子感激地跪下了。我扶起他们，眼泪也扑簌簌地落下。

一个癌症晚期的33岁未婚母亲找到我，表达捐献器官的意愿。她说有个7岁的女儿，没有户口，没上学，她最放不下，请我想办法找到好心的人家收养，她就死也瞑目了。这位母亲去世后，捐献出眼角膜和遗体。

有一位母亲在母亲节当天捐献了儿子的器官。一场车祸让一个原本完整的家支离破碎，经历丧夫之痛的她又承受丧子之痛。眼看着最疼爱的年仅11岁的小儿子离去，她决定将儿子所有有用的器官全部捐出。那是国内首例儿童多器官捐献成功的案例。

来自江西的叶女士，39岁，因尿毒症离世。她的一生挺坎坷，十四五岁时来了例假去找赤脚医生时被扣下，生的三个孩子像一群狼，只知道找妈妈要钱。她在深圳摆摊时偶遇嫂子，并与哥哥相认。最后，一直是哥哥、嫂子和侄子在照料她。我帮她实现了捐献遗体的心愿。侄子买来两枝花，放在了姑姑的枕边。人有时候幸与不幸，没办法简单地诠释。她经历了这么多苦楚，最终在深圳找到了亲人，又通过捐献遗体，留在了深圳。

同济大学的一位教授，在肿瘤晚期办捐献手续的时候说："我的心愿今天可以实现了。"他叫小孙子给他照张相，要笑的时候照。其实那时他身体挺难受，但心愿了了，他很高兴。

贵州的一位老人，年少时因为母亲口腔癌走得很痛苦，发奋一定要考医学院，用自己的双手去攻克癌症的堡垒。结果大学毕业以后，他被分配到深山里面去了，没有机会接触癌症，没能实现年少时的心愿。他联系到我，提出一定要捐献，说："我希望通过医学同行对我的躯壳的研究，找出破解'癌魔'的最有效办法。"我们讨论起中医的祖传秘方，他说只有两个字，就是"医德"。怀着一颗悯天救人之心，行着济世救人之道，凭着一个医生的良心去治病救人，足矣。

今年3月13日，有一位母亲，老伴走了不到一个月，才31岁的儿子（捐献者）高空坠落，也没了，给她留下一个6岁的孙子。这对她是多么大的打击，可以说天都塌了。她抓着我的手，把头趴在我的肩头哭开了。像这样的每一次捐献，都是一次死生转换，虽然一些人会得以重生，一些家庭得以团聚，但也意味着一个家庭要面临生死离别。他们哭，我也难受，但我还得表现得特别坚强，这个时候，我得是他们的靠山。那位捐献者的心脏、肝脏、两个肾脏、两个肺救了6个人。

自从当了协调员，我一年四季总穿着登山鞋、牛仔裤、红十字会发的白T恤，背着十几斤的背包，里面放的都是有关器官捐献和志愿者的资料，包括器官捐献扫盲书籍《器官捐献500问》，还有换洗的衣服。在背包的最边上，一个文件夹装着我的各种身份证明。我衣领上夹着的白毛巾，是为了吸汗。

器官捐献要分秒必争，垂危的生命随时可能离去，我要时刻做好"说走就走"的准备。随时都有潜在的捐献者联系我，我要随时解答、随时服务。我没有下班时间，

365天，24小时随时待命，大年初一都照常上班。无论是深更半夜还是狂风暴雨，我一接到电话就要赶到现场，尽快办理捐献手续。几天几夜回不了家是常有的事，和捐献者亲属共同住在医院等待最久的一次长达一个月。

即使如此，虽然我全身心投入，但有时还是遭遇捐献失败，原因多种多样。

此前深圳由于移植资质与OPO（器官获取组织）的缺乏，很多时候器官捐献须转至广州等地有OPO组织的医院才能继续。这使很多捐献者在转送到外地移植医院的途中器官已经衰竭，无法捐献。

器官移植手术对器官新鲜性有要求，捐献成功者多是突发性脑死亡。对于器官捐献者而言，心跳停止后的每一分每一秒都很关键。器官允许热缺血的时间是：心脏3—4分钟，肝脏5—8分钟，肾脏30分钟，骨和眼角膜是24小时。每次器官捐献都是一场时间和生命的赛跑。对于我来说，必须快一点，再快一点，才能跑赢死神。

有时接到捐献者病危电话，我赶过去，可能医生已经把他抢救过来了。

我最近协调一个捐献，病人在凌晨6点52分被宣布死亡了。之前，病人的病情是确定的，医生可以尽快把死亡证明开出来，结果到了上午9点半这个证明还没有开出来。这样的情况，我可以等，器官能不能等呢？

2012年9月7日，一个22岁的湖南女孩生命垂危，我马上就组织了专家赶往那家医院。意外却发生了，医院负责人拒绝在他的医院做器官摘除手术。无论我怎样劝说，那家医院的负责人就是不同意。眼看着时间流逝，我和几位医生决定立刻转院，就在即将到达联系好的那家医院前几分钟，女孩停止了呼吸，不能再迎接其他生命的重生了。我协调奔波了5天，所有的希望突然一下破灭了，差点一头栽在地上。如果她的器官保住了，至少可以救3个人……

另一次遭遇类似的情况是在转院的路上，捐献者的心脏停止了跳动，很多器官迅速衰竭，无法捐献。那一刻，他的儿女情绪崩溃了，救护车就停在路上，儿女们都跪在地上痛哭，因为没有完成亲人生前的遗愿而自责不已。不过好在死者的角膜最后还是完成了捐献，也算多少实现了一部分遗愿。

2008年，杭州电视台的记者打电话给我，说一个女孩高空坠落，亲属有捐献意向。我用电话不停地跟亲属沟通，通知专家团队先赶过去杭州，然后办手续。完成手续需要盖章，有关部门说我们的章不行，别人随便刻个萝卜章都能顶上。这个捐献最后失败了，因为各个医疗职能部门都不配合。后来，那个记者跟我说，没想到，做一件好事都这么不容易。

一个妻子煤气中毒被送去了医院，因为她生前曾说过死后要捐献器官，老公为了完成她的愿望，联系了我。就在我赶往当地途中，电话再度打来——她心跳停止了。她所在的是基层医院，没有很好的器官维护条件，器官不能再捐献。她的老公伤心地说："我不光把她弄丢了，连她的遗愿也没能帮她实现。"

一个想要捐献女儿器官的母亲说有个条件：女儿的心脏要捐给年轻的女孩；移植之后，她要见这个女孩，让女孩叫一声妈妈。她的要求没有被答应，最终捐献失败。

那些失败的器官移植案例，使我多日的努力白费，但是我还是非常感激那些器官捐献者和他们的亲属。

别人说一手托两家，我是一手托几家。截至2019年3月，我协调成功的遗体捐献有405例，器官捐献300多例，角膜捐献近千例。器官捐献者最大年纪的是104岁，最小的刚出生3小时。

每次我坐在深圳大学医学院的遗体接送车后面，遇到年纪小的捐献者，都会抱抱他们，跟他们悄悄地讲几句话。那么可爱的孩子，好像根本就没有离开这个世界。可能他们都太累了，好不容易能好好地休息一下，能够长长地睡一个好觉，他们也许只是睡得比较香一些、比较沉一些而已。

目前器官捐献协调员还没有一个法定的职业身份，我们既不是医生，也不是护士，缺少晋升机制和工资发放标准。有人把我们叫"劝捐员"，其实很多病人越到生命的后期，越有强烈的求生欲。他时刻想着怎么活下去，如果劝他死了以后捐献，这就很忌讳。何况，人在面临死亡的时候，内心是恐惧的，这时候去劝他捐献器官，是不人道的。所以，我不仅不"劝"，甚至不主动联系捐献人。有一位捐献女儿遗体的父亲，因为犹豫不决错失了捐献器官的时机，事后埋怨我为什么不多劝劝他。我告诉他："你的心情就是我的心情，所以我得尊重你的想法。"

也有人叫我们"生命摆渡人"。我平时太忙了，没看过《摆渡人》那本书。我觉得，生活不易，活着更难。很多人有时候觉得死是更简单的事情，一念之差，就会选择不同的路，但如果坚强地活下去，或许能看到生命更多的美。作为一名专职器官捐献协调员，我的使命就是在逝者和生者之间打开一条通道，让逝者生命延续，让患者重现生机。

刚开始做这个工作时，没人告诉我该怎么做，我就尽可能在不给大家添麻烦的前提下，一步一步地，自己边琢磨边总结。以前我在无偿献血和骨髓捐献的志愿服务工作过程中，一直给大家讲，要尊重本人或亲属意愿，这样就容易让爱心人士接受，从而打下一个良好的基础。所以我做起器官捐献协调员工作，就事半功倍。

按照惯例，除非被捐献者主动提出或者同意，否则捐献者和被捐献者双方是不能见面的。我了解到，有一个男孩的受益者，获得了那个男孩的肝脏、胰腺和小肠。可以说男孩给予了受益者三次生的机会。受益者很感激，想找到那个男孩的两个肾脏的受益者，还有角膜的受益者，说他们是"一家人"。但是别人没有同样的想法，他的心愿就没有实现。

我的印象里，从来没有被捐献者主动提出见捐献者的亲属。我曾想象过双方见面的各种情景，其中一幕是，一个女孩贴着一位陌生老人的胸口，听她爸爸的心跳。那画面，该多美啊。

深圳郊区的吉田墓园里，最高处的山坡上有一株大榕树，叫"光明树"，树下是那些角膜和器官捐献者长眠的地方。

一位大连的女大学生，患不治之症之后，一遍遍地打电话来要捐献。妈妈遵照她的心愿，在她生命垂危以后，及时地联系我们。当她心跳停止，医生过去获取了她的眼角膜。遗体火化以后，她的骨灰葬在光明树下。获得她的角膜移植的那位小伙子只要时间空闲，都会买一束鲜花，到光明树下，给这位素不相识的姐姐献上一束花。

我喜欢集邮，喜欢收集小石子，因为上面有奇怪的花纹，也喜欢奇怪的树种子，它们能长出很特别的样子来。要是能够在家里听一听经典的音乐，比如《梁祝》《蓝色多瑙河》《春之声圆舞曲》《野蜂飞舞》，还有贝多芬的《英雄》等，我也觉得特别享受。这种机会对我来说特别少，往往一坐下来就电话不断。

2015年1月1日起，中国全面停止使用死囚器官作为移植供体来源，公民自愿捐献成为器官移植使用的唯一渠道。截至2018年，有统计的捐献案例只有300多万份——太少了。我的心愿是，国人在这个方面能更解放思想。如果生命不能继续，就让生命延续生命。我的偶像是周恩来和诸葛亮，他们都鞠躬尽瘁，死而后已，忠诚于国家，忠诚于自己的信仰。我希望自己，生命不息，战斗不止。

老兵回家

当我看到他回到家里和失散60多年的亲哥哥相拥而泣时，我终于明白，「老兵回家」关注的不是战争的胜利与失败，而一定是人性。

时间 | 2018 年 4 月
城市 | 深圳
讲述 | 孙春龙

1976 年，我出生在陕西铜川。小时候我的梦想是去少林寺，上中学之后我的梦想是成为一名记者，可以替弱势群体说话。

我的第一份工作是在西安印钞厂做制钞工人。后来，我成为《西安晚报》的一名记者，再后来我跳槽到《瞭望东方周刊》。

2005 年 6 月，我在缅甸北部采访。一天晚饭后，我在宾馆的院子里遇见一个老人。交谈后我得知他曾参加过中国远征军，是一名抗战老兵。我对他身份的追问让他非常敏感，他猛地坐直身子，指着我的鼻子愤怒地说："你说，在国殇墓园里，我们那么多兄弟是怎么死的？"

当时的我脑子一片空白，无言以对。为什么呢？因为我对他说的一无所知。

我就上网搜索，了解到国殇墓园位于云南腾冲，是"中国规模最大、保存最完整的抗战时期正面战场阵亡将士纪念陵园"。这些将士曾是奔赴缅甸抗战的远征军。

了解这段历史后，我计划一定要去看看国殇墓园。两年多之后，我到腾冲出差。2008年1月7日早晨，我走进墓园，只见整个山坡上竖立着密密麻麻的墓碑，碑文只有军衔和姓名……

我查阅中国远征军的资料，得知在1942—1944年，为保卫当时中国对外联系唯一的陆上通道——滇缅公路，中国军队先后两次在缅北、滇西与日军作战，有力牵制了日军力量，对亚太地区反法西斯战争起到了重要作用。

中国军人付出了重大牺牲，伤亡数万人。幸存下来的人中，有的流落缅甸，有的则流落在云南等地的偏僻山村，无法回到故乡。

在国殇墓园，我流泪了，觉得那么多人为这场战争牺牲了，人们却一无所知。于是我就开始到缅甸去采访老兵。

见到李锡全，是在2008年4月6日早晨。这个老人，1920年出生在湖南桃源。抗战全面爆发那年，17岁的他和四哥、五哥一起从军，辗转广东、广西、云南等地。走时，母亲再三叮咛："出去打仗要机灵点，一定要早点回家。"

　　1943年，他所在的部队编入滇西远征军第五十四军，他是直属军部的辎重部特务长，专门负责运送战场给养。在腾冲收复战中，他右腿负伤。战争结束后，他到缅甸密支那的英军医院治病。战争期间，他与家人失去联系。治好腿伤后，他留在密支那摆地摊谋生，并改名娶妻生子。很多流落缅甸的中国远征军老兵，都曾改名或隐匿从军历史。

　　得知他70多年来没有回过老家而且和亲人没有联系时，我就问他："你想回家吗？"

　　他摇了摇头，自嘲地说，要两三百万元（缅币，100万缅币约合6500元人民币），"我也老了，回不得了"。

　　当时我有一种冲动，就告诉他："我回国后帮你找家。"我撕下一张纸，让他写下记忆里和家乡有关的信息。

　　回国后，我发表了一篇关于中国远征军的文章，引起网友关注。我将李锡全的信息整理出来，5月8日发表在博客上，又找了几家网站的朋友，把信息置于显著位置。

5月9日下午3点多，网友联系到了李锡全的侄子。我和他侄子取得联系以后，立即打电话到密支那。让我意想不到的是，李锡全听到消息后痛哭不止，并不兴奋。他年轻的时候想回但不敢回，现在老了，没体力也没钱，本来已经死心了，但找到家了，他能不伤心吗？

在没有任何思索和筹划的情况下，我决定帮他回家。

5月12日，汶川地震，我接到赶赴灾区采访的命令。采访时，手机响了，传来李锡全颤抖而又急切的声音："祖国发生地震了，我还能回得了家吗？"我告诉他，一定会接他回家。

6月中旬，我从灾区回到家里。当时最急切的问题是，接李锡全回家的资金还没有着落。经过估算，加上陪同人员的花费，需要3万元左右。

筹款没有进展，我就打算，实在不行，就自己掏钱接他回家。就在这时，湖南的一家公司愿意相助，我就赶到长沙会见公司董事长。李锡全的侄子从老家赶来和我见面。我第一眼看到他，就发现他和李锡全很像。

9月4日，我和那家公司的两位主管到了密支那。一位主管是湖南桃源人，用桃源话和李锡全交流，李锡全的家乡话说得非常地道。

在向李锡全告别时，我明确说最多一个星期后就接他回家。

9月8日，我再次见到那家公司的董事长，意外的是，他找借口将事情拖延。结果得知，是因为上级领导对这个事情的批示不是很明确。

离开那家公司的路上，我接到两个电话。一个是线人爆料，山西襄汾刚发生尾矿库溃坝，伤亡可能数百人。另一个电话来自网友，说一位企业家愿意资助5万元。

9月9日下午，我就去了襄汾。由于我有事缠身，就把接李锡全回家的事托付给《潇湘晨报》新闻部主任。10月19日下午5点45分，李锡全乘坐的K472次驶入长沙火车站。出站口两侧，是大家自发制作的横幅："欢迎抗日英雄李锡全回家，人民感谢你""抗日英雄李锡全，你才是真正最酷的绝对男人"……

同一天，我也回到了家中。

从进入国门至回到乡村的一路上，李锡全受到了热烈欢迎和招待。大家发现，李锡全随身携带一本中国地图册，那是他多年前在缅甸买的，装订处已经开胶。湖南那一页，是全册翻得最烂的。李锡全指着桃源的坐标点解释说："这是我的家。想家的时候，我就看看地图册。"

那一年年末，我和李锡全同被列入2008年感动中国候选人。我是因为报道娄烦矿难，李锡全是因为一场跨越国界、跨越一个甲子的回家之路。在摄影师留下的照片上，李锡全颤巍巍地走过中缅边境4号界碑，踏上中国的土地，那一刻他泪流满面。

11月17日，李锡全再次来到父母的坟前，慢慢地鞠躬，下跪，含泪说："我要回去了。我以后回来再看你们。我那边家里还有人。本来我也不想回去了。"和他一起启程的，还有一瓶家乡的土。

2008年结束了，在一次聚会中，朋友问我，缅甸还有多少像李锡全那样的老兵。

我曾听老兵们讲，在仰光、曼德勒以及一些偏远小镇至少还有二三十位中国远征军老兵健在，因为历史原因却一直未能回国。

朋友的话让我意识到，帮助李锡全回家，只是一个开始。我便谋划一个更大的计划，为更多流落在缅甸的中国远征军老兵找到家，再接他们回国寻亲。

我把采访计划汇报给领导，得到了他们的支持。

我对采访过的老兵做了梳理：林峰、张家长回过家，而且一直与家人保持着联系；钟云清也回过家，但因为年代较早，之后又与家人失去联系；张富鳞、韩天海、刘召回和李广钿不仅没有回过家，而且提供的地址均是60多年前的。

2009年4月16日，我在博客上贴出了未找到家的老兵的信息，很快就有网友告知钟云清侄子的电话，刘召回的家人也很快找到。

为老兵找家，除了网络，再就是依靠当地的报纸，张富鳞就是通过《齐鲁晚报》找到了他的外甥女。

4月28日，就在为老兵找家的时候，我得知李广钿已经回到云南。

接李锡全回家时，李广钿曾向我表露过想回家探亲的愿望，我当时不敢接话，原因是我当时连李锡全回家的事情都搞不定。因为一直没有给他找到家，我就想让他参加这次老兵回家的活动，没想到他却等不及了，一个人跨越国境回到了云南。

为老兵找到家人的好消息一个接一个传来。陕西一位企业家联系我，询问活动的进展后，承诺资金需要多少，他掏多少。

5月19日，我抵达云南，进行前期的准备工作。22日，瑞丽市委宣传部外宣办主任听了我的计划，带我去见了瑞丽市委副书记。书记建议，当年老兵出征时走的是畹町口岸，那么回国时也走畹町口岸。

我向书记提议：在老兵跨入国门的那一刻，安排守卫国门的武警战士向老兵行军礼。我希望用这个庄重严肃的礼节，表示对老兵的敬重。他答应一定协调，尽力安排。

这一天，老兵经明清的信息被打听到。他原籍江苏句容，一直没有回过家，20多年前和家人有书信联系，后来中断。我将他的信息转给媒体发布后，第二天他的家人联系到了报社。

在瑞丽，一名华侨给我提供了3名老兵的名单：蔡振基、王子安、张浩东。前两位和老家的后人都有联系，而张浩东一直没有找到家，他是回国寻亲老兵中唯一在回国前没有找到亲人的老兵，为整个活动留下了令人揪心的悬念。

5月27日，流落缅甸的中国远征军老兵回国寻亲活动正式启程，我从昆明飞抵曼德勒。因为第二天是中国的端午节，我买了三箱粽子带给老兵。

在机场，林峰将我紧紧抱住说："没想到，你真的来接我们回家了，我们以为自己被冻在冰箱里了，国家再也不会来找我们了。"以前他曾两次回国，但都没有回到广东梅县（今梅州市梅县区）的老家。

事情出现了意外——张家长突然变卦，不想回家了。我再三询问，他最终说出了实情：他觉得自己的日子过得不是很好，回家后会被家乡的人看不起。

我告诉张家长，会让他体面地回家。但无论怎么劝说，都无济于事，我只好给他留下10万元缅币作罢。

张富鳞也一直没能做通工作。他曾明确表示不想回家，并且用韩愈《桃源图》里的一句诗作答：初来犹自念乡邑，岁久此地还成家。

当时，他的腿摔断了不能行动。他说："我害怕自己死在路上。"说完，他向我指了指墙角，那是一块墓碑，上面写着"张富鳞先生墓"。墓碑上刻着碑文：吾生齐鲁，负笈弱冠，既长参军，抗日入缅；战后解甲，流迹佛缅，秉性质朴，木讷寡言；不识经商，华校薪传，侨居瓦城，慎独思贤；卖字谋生，吟诗自怜，不乞不求，逾五十年；事业赋归，撒手尘寰，翘首北望，魂付西南；来也了了，去勿匆匆，明月永照，清风常闲；物质不减，返还自然，村翁俚语，遗笑后贤。

这位在华侨学校教了20年中文的老教师，以前是山东第一师范学校的学生，投笔从戎，曾在孙立人身边担任通信兵。

张富鳞不想回家的理由让我无以辩驳。但是，不回家，并不意味着不想家。

为了让张富鳞和家乡的亲人通个电话，我拨打张富鳞外甥女的手机，因网络太差，拨打了上百次才拨通，却无人接听。张富鳞眼巴巴地看着我，最终失望至极。

5月28日晚，当地华侨为即将启程的老兵组织了一场欢送晚宴。我向老兵们大声喊："明天，我带你们回家。"

因为老兵大多没有护照和合法的身份证件，只能从陆路以边民的身份入境。5月29日缅甸时间上午8点，经明清和曼德勒的林峰、王之平、钟云清启程。

经明清，当时93岁，江苏人，二战后流落缅甸，一辈子都在攒回家的路费。先是买车跑运输，结果一次重大车祸导致倾家荡产；又铤而走险贩毒，第一次就被抓；最后寄希望于去新加坡读博士的儿子，结果儿子工作没几年，就患癌症而去。他的女儿说，父亲66年没有加入缅甸籍，就是想着有一天能回到家乡。但厄运接二连三，父亲的回家之梦始终难以实现。就在前一年，在回家无望的情况下，为了生活便利，才办了缅甸身份证。

林峰原名林少京，1923年5月生于印度加尔各答，父亲在当地开了一家皮革厂。6岁时，父亲去世，林峰和母亲回到故乡广东梅县。1942年，林峰读高二，日军侵略正处于疯狂阶段。母亲叮嘱他好好为国效力，打完仗尽早回家。没想到，这一走就是永别。

生于1917年的王之平原籍河南孟津，1936年报考军校时，刚结婚3个月，妻子叫王春珍。抗战胜利后，在缅甸的王之平兑好了中国货币，准备回家，但迅猛的通货膨胀让这笔钱成了一堆废纸。回家无望的王之平在缅甸结婚。1989年，王之平回到河南孟津。在村头，他看到一位似曾相识的老太太，两人对视足足有一分钟，然后老太太号啕大哭。她就是未曾改嫁的王春珍。在老家和王春珍生活了半年后，他才返回缅甸。

钟云清在1989年回过一次老家，他从畹町口岸回国，到昆明，再到广西柳州，再到北流老家。返回缅甸时，弟弟从北流顺着这条路，一直送他到畹町口岸，看着他的身影消失在口岸旁边的一条小路上。

经明清和林峰、王之平、钟云清从曼德勒出发，沿途经过缅甸的腊戌、胶脉、木姐、九谷，到达中国的畹町口岸。一路上，刘召回、张浩东、王子安、蔡振基和杨子臣加入。

刘召回当年是第三十六师一〇六团第三营机枪三连重机枪手，参加过高黎贡山、腾冲等战役。

在畹町口岸，我第一次见到张浩东。他的家还没有找到，但他自信地说："你只要把我领到乡里，我就能找到出生的地方。我的家我知道。"

原籍湖北武汉的王子安，17岁入伍，经过医务知识培训，前往印度，成为中国远征军第三十八师野战医院的一位少尉军医，后来被调往总指挥部骡马辎重兵第一团任中尉军医。

蔡振基生于缅甸，父亲是华侨。他3岁时，父亲去世。1933年，母亲带着他和6个姐姐回到广东梅县老家。为了讨生活，10岁时他跟着表兄到了仰光。1939年，南洋华侨筹赈祖国难民总会主席陈嘉庚号召南洋各地青年回国参加抗战，缅甸分会发动26名华侨青年回国，蔡振基就是其中一位。

18岁那年，四川三台人杨子臣成了第三十八师的一名新兵，到印度进行一年多的训练。反攻缅甸的战役打响后，杨子臣随部队从印度雷多出发，边修路边打仗。抗战结束后，杨子臣所在的部队被调往东北，他借机和十几名战友当了逃兵，从此留在缅甸。

5月30日中午1点多，9名流落缅甸的中国远征军老兵组成的回国寻亲团抵达中缅边境，列队迈上畹町桥。

跨过畹町桥，就是祖国。此时，仅有二三十米的畹町桥显得格外漫长。

桥的这边，两名武警礼兵随着一声号令，抬起右手，敬了一个标准军礼。这个细微的动作，让整个活动达到最高潮，让老兵们心中隐藏了半个多世纪的芥蒂和委屈在那一刻得到释然。

蔡振基在参加了欢迎仪式后，因为天气太热，加上有心脏病，没有立即回广东梅县老家。当年10月下旬，天气转凉时，他在两个女儿的陪同下回到梅县。

6月1日，老兵们抵达昆明，即将各自回家时，一个来自河南的电话联系核对张浩东的信息。张浩东和堂弟在电话里激动得语无伦次。他担心会不会认错亲人，直到见面后堂弟将他领到老宅后的大水坑，他的疑虑才烟消云散。

当时有一件两难的事情：韩天海非常想回家，但身体很差，而且他的家没有找到。犹豫再三，我决定不让他参加这次活动。没想到，就在寻亲团抵达国内的第一天，韩天海在缅甸突然提着行李说要回国。

我知道消息后，专门托付四川的媒体朋友，终于联系到韩天海的一名外甥。当老兵们返程时，韩天海的亲人捎给他8包温江特产酥糖，还有外甥等写的信及亲人的合影。

6月12日，韩天海在曼德勒收到亲人的礼物。7月12日凌晨，韩天海与世长辞。遗憾的是，因为我安排上的保守，韩天海至死没有回到家乡。

这场由民间发起的活动，一直有着官方的参与和支持。云南省公安厅工作人员表示，老兵离开云南前往家乡探亲的手续将采取特事特办的方式，以最快的速度和最简化的程序办理。老兵家乡的政府官员，得知消息后，均在第一时间亲自前往慰问。

民间的热情更是高涨，零散的捐款络绎不绝，让越来越多的老兵圆了回家之梦。

"老兵回家"，是一场和时间的赛跑。我逐渐感觉到，需要有一个更大的平台，聚拢更多的人，募集更多的资金，帮助更多的老兵。

　　2011年，我从媒体辞职，联合8个自然人和一家企业，成立了专注于服务老兵的深圳市龙越慈善基金会，工作主要分为四个部分。

　　一是"老兵回家"活动。历经战争残酷的老兵们如今个个风烛残年，平均年龄在90岁以上，留给他们的时间已然不多。所以我形容，"别人在追逐梦想，我们在追逐死亡"。我们至今已帮助50多名老兵与失散的亲人团聚。

　　2011年，我们从越南的富国岛上接回一名老兵。他是1949年当兵的，没有参加过抗战。很多人质疑，他又不是抗战老兵，为什么去帮助他？

　　当我把他接回来，当我看到他回到家里和失散60多年的亲哥哥相拥而泣的时候，我终于明白"老兵回家"关注的不是战争的胜利与失败，而一定是人性。

　　二是"老兵关怀计划"，寻找健在的抗战老兵，希望更多地关注国内贫困的老兵。我们曾在街头发现90多岁的老兵在乞讨。基金会成立后，我们陆续在全国寻找核实逾万名抗战老兵，这些老兵平均年龄近90岁，大多生活贫困。目前，基金会已为近3000名抗战老兵每月提供300—800元生活补贴，全国近20个省份的志愿者团队得到基金会的资助，还将几十位老兵送到养老院养老送终。2018年，我们把这个标准提高了，一般的老兵每月资助600元，贫困老兵资助1200元。

三是寻找在缅甸阵亡将士遗骨。我们希望找到所有长眠在缅甸的远征军将士，哪怕10年、20年，一个都不能少，把他们都带回家。

四是跨越海峡的团聚，帮老兵寻亲，帮两岸离散家属团聚。几年前我们去台湾，台湾当局大陆事务主管部门的副主任出面接待我们，见了面先鞠了三个躬，感谢我们做的这个事情。

2013年7月，民政部发布关于"原国民党抗战老兵纳入社会福利保障"的政策。随后全国各地民政系统以不同形式和我们合作，关怀抗战老兵。

2015年9月2日，30名抗战老战士老同志、抗战将领、帮助和支持中国抗战的国际友人或其遗属代表在人民大会堂获得中国人民抗日战争胜利70周年纪念章。

9月3日，抗战胜利70周年大阅兵在天安门广场举行，抗战老兵方阵令人潸然泪下，其中就有30多名原国民党抗战老兵。参加阅兵的原国民党老兵名单是由我们推荐的，当时我们接到民政部交给的任务，确定名单的过程比较顺利。

这些节点性事件表明，对于原国民党抗战老兵的关怀已经从草根行为上升到国家行动。

我最初计划只做5年公益，后来发现有将近1万名老兵的生活需要我们持续关注，所以我想明白了，我下半辈子要和这个事情关联在一起。

出于对战争的反思，对弱势群体的关注，我给自己和基金会定了一个大目标：获诺贝尔和平奖。这是我的人生新方向，我们会向着这个方向不停地前进。我们要做的一切，除了给予幸存者最后的慰藉之外，更在于反思与救赎。

浴火而歌

我们的梦想，是通过我们的努力让全中国的每一个家庭都有一个「消防员」。

时间｜2017年3月
城市｜广州
讲述｜曾庭民

我叫曾庭民，广东湛江人，今年31岁，因为普通话不标准，每次自我介绍太麻烦，我就直接改名叫小民，这样大家容易记住。

我在消防部队服役12年，现在和退伍的战友们组了一支"小人物"乐队，在做消防公益巡演。我们计划用一年时间走遍全国40个城市，边走边讲边唱，宣传消防知识。

我从小算是一个"问题儿童"，特别调皮，经常逃课打架，初中没毕业就不肯读书，家里基本上管不住。老爸为了让我回去读书，跟我大吵了几天，最后愤怒地给我两个选择：要么回学校好好读书；要么收拾好衣服，滚出家门。我二话不说，收拾好衣服，跟他讲：你给我三百块路费，我立马就走。

当时老爸就被气哭了。那是我第一次见他哭。后来我意识到自己太混账了，就跟老爸说想去当兵，拍着胸口讲："就算跪着走，我也要走完这两年。"其实我实在不知道该干什么，算是被老爸硬推去了部队，不是自己心甘情愿去的。

我最初对消防的印象，就是听说在路上一定要给消防车让道，不然就算被消防车撞死，也得不到赔偿。那时我还不知道消防员是部队编制。

2003年12月，我到了部队，才知道原来消防部队是武警部队的一个序列，也是公安机关的一个警种。虽然我是从农村出来的，但刚进部队的时候，生活比我想象中还要辛苦一万倍。

那时候我每天都很紧张，一起床就怕自己做不好。6点就要起床，但为了把被子叠成跟豆腐块一样，4点多我就偷偷摸摸起来了。我每次做完俯卧撑，吃饭端着碗跟筷子，手一直在抖。有时吃不饱，我们会偷偷在口袋里放些零食，被逮住就要罚跑步。我们在户外训练，大冬天里，手被冻到裂开，最严重的是关节冻爆了一个口，当时能把一根筷子放进去。

两年义务兵结束时，我不知道回家能干什么，就留在部队当志愿兵（现在叫士官）。

直到2015年12月5日，我才退伍。那天，我哭得稀里哗啦。那是我当兵第三次哭，睡到凌晨，醒来又哭。虽然我脱下了军装，但那种情结难以割舍。

前两次哭，是我刚到部队时。我们穿救火的衣服，规定16秒达标。班里只有一个人达标，吃饭时只有他可以吃菜，其他人只能吃白饭，也不能喝汤，要1分钟吃完。我守着一碗白饭，那种委屈从没有过，扭过头去，眼泪就流下来。我擦了眼泪，就低头猛吃。

还有一次站军姿，站2个小时，头上顶着我们的消防帽子，一动它就掉下来，我们就会被罚。我想到以前在家里的舒服生活，没有受过那种苦，强忍着的眼泪不由地涌了出来。

我在消防部队服役整整12年，都在一线救火，见过很多因为火灾而家破人亡的事情。我参加的救援太多了，有的时间记不太准确。

我救的第一场火，是一辆大货车着火，车里面装满苹果牌的衣服、鞋子。我坐在消防车里，真的很害怕。因为我们是新兵，老兵不许我们进到火场里面去。他们扑救得差不多了，才放我们进去感受一下。当时火场里面很热，我很紧张，只听到自己的心脏"扑通扑通"地跳。

很多年前我救过一场火。当时城中村的一座民房三楼着火，环境很复杂，消防车不容易进去。我看到一个小女孩趴在窗口，手抓着防盗窗，她那种求救的眼神和呐喊声，直到现在我都忘不了。当我们把她救下来时，小女孩的背部已经烧焦了，她不喊疼，身体却抽搐个不停。

2009年，有一次在火场里，队友安排我把一位老奶奶救出去。老奶奶一直往火场里面冲，我差点拦不住。她说："家里的微波炉和高压锅是新买的。如果我不把它们搬出来，那么儿子和媳妇会骂死我。"

这句话让我很震惊：为什么年轻人会灌输这种思想给老人家呢？

我第一次接触到尸体，也记忆犹新。当时战友先进入火场，因为里面很黑，浓烟滚滚，伸手看不到五指。他就在里面摸，趴得特别近，猛然看见有个遇难的老人家，立刻被吓得半死，就跑掉了。他跟我一样，也没多少救火经验，跑出来撞到我身上，我喊他，他听不到，和我招了一下手。

我进去的时候，也摸到了遇难者的尸体，味道特别难闻，我赶紧缩手，转身跑出来。回去之后，我把救火的手套丢掉，吃饭的时候看到肉，感到很恶心，几天都吃不下去。

很多人以为，消防兵穿上那套战斗服，就天下无敌、刀枪不入了，其实我最危险的时候要被拉去抢救。那次我们到了现场，3层楼已经烧得通透。喷射进去的水，流出来都变成开水。我们穿的水鞋，已经算是很厚的了，高度到膝盖部位，最后都烫得我们没办法在原地站着，只能走来走去。喷上去的水就变成蒸汽，水滴落下来，脖子马上起泡。

由于在现场还有化学品，后来我们就"内攻"。战友蹲着，我站在门边上，拿水枪往里面喷。可能是煤气瓶倒了，煤气泄露，就像拍电影那样，顺着水流出来，上面都是蓝色的火焰。第一波火焰被我用水枪打散，第二波火焰流出来，水枪根本打不散。快流到战友脚下时，他没看到，我踹了他一脚，喊他"快撤"。撤到了边上，脱掉面罩，我和战友就有点晕了——中毒了。

被送去医院抢救时，我躺着看到天花板在头顶不停地跑。等到清醒过来，我发现我在打点滴，然后我们被拉到一个吸氧的太空舱里面。有一个热心的市民也中毒了。他在外围帮忙，因为没戴面罩，中毒比我们严重。他一边吸氧，一边抽搐，口吐白沫，我赶紧喊医生。第二天我们出院的时候，那个市民还没有清醒。

过了很久，有一次我去扑救着火的煤气瓶，有个市民跟我打招呼。我没有认出他，他就拿出一个义务消防员的牌子给我看，说他上次和我们一起中毒。我才记起来。

这是最危险的一次，其他的就数不清了。烧伤、割伤、烫伤、碰伤，都很多。我有一次救火，没有戴手套，那个门被烧得很烫，我下意识地去抓门把手，立刻就被烫伤了。

我曾经参加《我是演说家》的节目，分享了自己做消防员的经历，包括我的一封遗书。我们队上一直有个传统：班长要求每年写一封信回家，提醒说写好一点，说不定下次出警就回不来了，那就是你的遗书。这样的信不一定寄回家，但每年都会组织写。有一封信，我以前常带在身上，去救火的时候搞湿了，掏出来破破烂烂的，但我仍然保存着。

有个阿姨在节目后见到我，握着我的手说："小民啊，听你的演讲，我哭得稀里哗啦，你回去以后一定要好好地活着啊。"她以为我回去以后就会怎么样。

不过，12年的消防员生涯里，我真的有很多惊险经历。有一次我们接到一个警情：一个小伙子拿了把刀，站在一栋高楼走廊的外墙上，因为女朋友的妈妈不同意他们交往，所以他要以死相逼，情绪特别激动。为了稳住他，我过去跟他聊天……聊着聊着他对我放松了警惕，我突然冲过去，抓住他背后的衣服，按住他的头用尽全身力气往里拉，战友从后面冲过来把他按住，后来我发现，我的军装被捅了一个大洞。

消防的业务范围很广，很多人以为只是救火，其实地震、交通事故、捅马蜂窝、开门开锁、通厕所，还有跳楼、跳桥、跳电线杆的，救猫救狗的都有。

其中有很多好笑的、无语的、奇葩的救援。我还很多次遇到跳树的。有一次，一个男的要跳树，我们到了现场，他叫喊："你们不要过来，过来我就跳下去了。"我们在下面很无语，其实树不到2层楼高。

有一次救猫，很危险。那个人住在5楼，他家的猫跑到6楼被卡住，下不来了。我们需要依靠梯子爬上去，还要绑绳子，万一摔下来就不堪设想。虽然我们心里也想过，猫的生命重要还是消防员的生命重要呢？但是群众报警了，我们就要处理。

有一次救狗，很好笑。有个女生的家里着火了，她跑出来了，很着急地说你们赶快进去，我的"Daddy"在里面。我以为是她老爸在里面，就赶紧进去，找了很久，没有发现人，就出来和她说里面没人，只有一条狗。她说对啊，那条狗就叫"Daddy"。我们只好又进去把那条狗救了出来。

我还救过一个婴儿。那次是12楼着火，一对夫妇跑下来了，结果把婴儿丢在家里。我跑上去把婴儿抱下来。他们特别感激，当场就给我跪下。不过没想到，13楼有人遇难了。那人躲在家里，以为不会有事，结果被浓烟呛死了。

前几年，我的一个战友牺牲了。一个市民在动车轨道上准备卧轨自杀，战友下去救他，想把他拉起来，推上站台，但是动车太快了，把他们两个都撞飞了。

我不喜欢看关于消防员的影视剧，觉得太假了。比如进到火场的时候那么酷，抱一个美女出来，还跟美女发生了爱情故事。实际上我进火场就像做贼一样，慢慢地摸，怕得要死。

早在2006年，我刚当士官，工资才800元。在我们部队旁边有个琴行，里面有一套二手的架子鼓，我很冲动地去借钱把架子鼓买回来。敲了几次，因为不懂，我就扔在一边。

2008年，部队来了一个新兵叫李嘉诚，跟那个富豪的名字一模一样。他懂得弹吉他，教了我一些简单的知识。后来，我就看书自学。那年年底，中队要举办联欢晚会，队长说：你有架子鼓，怎么不组个乐队来表演一下？

我就去怂恿战友，说多么多么好玩，就勉强拉起了一支乐队。当时还有个吉他手是主唱，后来我觉得自己更适合，就霸占了主唱的位置。但我发现乐队自己玩下去不行，就从外面找了一个老师叫谢飞，来教我们，每人交50元学费。

一共19个人报名，最后只有一个人坚持下来，就是现在的吉他手李聪。玉树抗震救灾的第一个活人是他救出的，他荣立了个人一等功。

贝斯在我的印象中是黑色的，而我有个老乡郑陈惠，平时我们叫他小黑。那天我们在班里商量，差一个贝斯手，刚好小黑从我们旁边走过，他听了说不弹，我开玩笑说以后就不要进我们三班。他想了一下说，好吧，那就弹。

我的鼓被闲置了好久，有一天我听到有人在敲，很有节奏。我就跑过去对那个战友说，以后你来打鼓。

我们4个人的乐队，最初叫广园西乐队，因为我们的中队在广园西路。

我每种乐器懂一点，基本能够写歌。队里有卡片机，可以拍照片，也能拍视频，MP4格式。大家一起编排，自己拍了很粗糙的MV。拍的时候，我们把架子鼓搬到一个空旷的地方，用麦克风夹住卡片机，几个人就对着镜头对口型。拍了以后发现不满意，就继续琢磨，用道具来辅助，找人来帮忙。后期都是我来剪辑。没人教我，没钱，我就逼着自己来学。我到网上看了两个教材，慢慢就熟练了。

2011年，我们的鼓手退伍，刚好来了一个新的鼓手。因为部队里面不断有人退伍，我退伍的时候，乐队几乎要散了，但我的心底一直有个心愿——做全国公益消防巡演。怎么办？我要把战友们重新集合起来。

小人物也有大梦想，我们重新集合后的乐队就叫"小人物"乐队，有6个人，我任主唱，谢飞担任乐队指导，李聪是电吉他手，小黑是贝斯手。还有陈健聪，曾经是火情侦察员，现在是乐队鼓手。1996年的"小鲜肉"罗志伟，曾任战斗员，现任乐队吉他手。为了和我做全国公益消防巡演，他们专门辞职而来。没有他们的支持，就没有如今的全国公益消防巡演。

很多人问我们为什么要做全国公益消防巡演。

因为我们见过太多火灾导致的惨剧了。除了痛心和惋惜，我设想如果人们的防火意识和逃生意识增强一点，有些悲剧是可以避免的。人们需要的不仅仅是24小时紧绷神经和坚守在岗位的消防人员，更多时候需要的是"家庭消防员"。

我们去救火时经常发现，现场围满了人，我们的消防车都进不去。围观群众忙着拍照发朋友圈，先不管有没有伤亡。

消防是十大高危行业之首。每个进入火场救人的消防员，背后都有自己的家庭。每次救人，上一秒进入火场，下一秒可能就出不来了。大家都以为消防员很厉害，无所不能。但其实他们都很普通，每次救火，都希望自己平平安安进去，平平安安出来，然后吃上热饭，睡上一次安稳的觉。这对消防员来讲是一种奢侈的生活。

在部队的前6年，我没有一次除夕的年夜饭能够吃好，要么在吃饭前就出警了，要么正在吃饭就突然出警，回来以后菜都凉了。

在消防部队当兵12年，我在现场看到的全都是痛苦，是灾难，虽然我们每天都在拯救别人，但是我们并不想去做这样的英雄。去年在一家卡拉OK，有人把空气清新剂放在取暖机上，结果爆炸了。吧台里面的人，竟然用脚踩的方式来灭火，对距他不到3米的灭火器视而不见。结果火越烧越大，他一看灭不了，转身就逃，也不报警，最终火灾造成，11人死亡。如果他稍微懂点消防知识，稍微懂得如何去使用灭火器，那么这个悲剧就不会发生。

一旦火情发生，即使迅速补救都会造成损失。有一天晚上11点多，距离我们单位不到100米的一个仓库着火了，我们赶到现场时，700多平方米的大仓库已经烧得通透。后来我们得知，着火后仓库的人灭不了火才报警的。

我曾在活动中问大学生们，火警的电话号码是多少。有人回答"999"。我一下子蒙了，就开玩笑说："大哥，你是卖感冒药的吗？"接着我问："如果你家里发生火灾，第一时间是逃还是搬贵重物品？"他说肯定是搬东西啊，因为电脑里装了很多游戏。也曾有小朋友说要回家搬物品，家里有平板电脑。

也有让人欣慰的情况。在广州的北京路附近，一个家庭发生煤气泄漏，父母已经昏迷，年仅7岁的女儿找来湿毛巾捂住口鼻并开窗通风，然后向外求救，成功挽救了父母的生命。我了解到，那个小女孩正是从我们以前的活动中学会了应对煤气泄漏的处置方法。

以前每次出任务时，我都会幻想自己像孙悟空一样，身披战甲、脚踏七彩祥云，冲进火场，拯救别人。如果再配个月光宝盒那就更好了，这样的话，我就可以念着"般若波罗蜜"回到灾难之前，阻止悲剧的发生。可惜我不是孙悟空，也没有月光宝盒。

虽然我们退伍了，不能再到一线救火，但我愿意像唐僧一样，用不太标准的普通话，告诉大家，防火比救火更加重要。为了让可爱的消防员们少一点流血牺牲，让导致家破人亡的火灾少发生一些，我们的全国巡演势在必行。

部队每年有一个月的探亲假，有一次旅游时我在飞机上看电视，有个记者说想采访世界上各行各业的人。通过众筹，他真的出发了，但倒霉的是，他在路上遇到土匪，钱被抢光了。他就回来又发起众筹，然后又上路了。当时我就想，自己能不能做一次关于消防知识的全国巡演呢？

以往宣传消防知识，多是播放一些火灾案例，然后拿消防器材出来宣传，以至于人们会误解是来推销器材的，宣传效果并不理想。但我们在活动中把消防和音乐结合起来进行宣传，加上现场的互动游戏讲解，人们特别是年轻群体更乐于接受。

这对我们来说也是新的选择和开始吧。我们会比很多朋友更感到迷茫和恐慌，因为在部队里面不像大家那样有很多学习平台，我们的生活是非常单一的，除了救火就是站岗。退伍了面临就业，我以前时常会问自己，我出来到社会能干什么？有时候我真的会怀疑自己一无是处。好在我心态比较好，面对问题我敢于挑战。我总感觉很多人习惯于生活在安全地带，遇到问题就去问老师、问父母、问课本，总是生活在别人的言论之中，好像都忘记了自己的本能。有些时候我们不妨一试，追随自己内心的想法。

为了巡演，我拿出了自己12年的退伍金，将近40万元，还借了将近20万元，每个队友拿出了3万元，还有朋友捐赠了10多万元。

这个活动，我只想做成纯公益的，不要带有任何商业性质。有人拿出10万元找我们冠名，也是做公益项目的，把他们的名字挂在我们前面，但我后来把10万元退回给他了。我怕别人误解。还有卖消防器材的、卖保险的、卖饮料的，我一律拒绝。

出发前，我们的各种设备投入已经花了60万元，改装了一辆流动舞台车，车厢打开以后，随时随地都可以开展演出。还买了一辆货车，用来运送物资。为了省钱，我们自己做海报，自己拍宣传片。现在手上的钱全部加起来只剩下10来万。

在筹备过程中，很多人给了我们帮助，也给了我们很多好的建议。一路跌跌撞撞，我一点都不后悔。因为钱没有了，我以后可以挣，但如果这件事只是想法而不去实施，以后也许再也没有这样的机会了。

我最喜欢的音乐是我们的队歌《小人物》。第一段歌词是："我很普通，长得也不是很好看。不知道什么时候起，朋友开始嘲笑我。我想是可能他们知道了，我的梦想了吧。没关系，这样的我没什么不好。"

另外一首歌里的歌词"不敢冒险怎能飞呢"，我很喜欢。这一次，我要和小伙伴们勇敢起飞。

2017年，我们计划开着两辆车去全国的40个城市，每个省份都会去，在每个城市至少开一场演唱会，由当地消防支队和我们一起联合来举办。

在广东的第一次巡演，是在大学里面做的，反响特别好，整整进行了3个小时。学生太热情了，直到校长说要熄灯睡觉了，活动才不得不结束了。

走出广东的第一场巡演是在福建的一所希望小学，距离广州700多公里。那天出师不利。我们的舞台车上路跑到快300公里的时候彻底没电了，找人检测，已是下午5点多了，但附近的赣州全南县没有配件。我的老班长冒雨从广州开车到赣州，晚上12点终于把配件送到。修车师傅知道我们要做公益巡演，也很热心。凌晨1点多，车终于修好，我们连夜赶路，及时赶到了小学。到了以后下很大的雨，没办法在室外举行演出，我们就把物资和器材设备抬到4楼。后来看到小朋友的笑容，我们再苦再累都值得。在那种很偏僻的地方，平时不用说消防演出，其他的演出也没有。我们和小朋友们玩，给他们送礼物，他们非常开心。走的时候，他们很舍不得，还要了我们的联系方式。

我工作时很严肃，其实私底下很搞笑。每场活动都是一到两小时，全程都是我来主持。《小人物》必唱，《我最亲爱的你》和《这是我的路》也是主打歌。每次的歌曲会有调整，在小学里，就选择小朋友更喜欢的，不过更多是励志的，在大学里就唱爱情歌曲。一场活动下来，最多唱4首歌，贯穿开场和结束。

每场巡演，从开始的准备到结束布场，包括装设备、调试、演出、收东西，至少要5个小时。

在江西，我们做了8场巡演，主要在县城、乡镇，很多人都没有见过这样的活动，小朋友和大人的回馈都很好。很多人跑到微博上鼓励和感谢我们，还说受到我们的影响，现在每到一个地方，都会习惯看一下灭火器在哪里、有没有过期，周边有没有消防隐患，怎么逃生。

全国巡演是迄今为止我们干过最疯狂、最勇敢的一件事情。有时我都感觉自己疯了。

我曾经很担心，没有人来预约我们的演出，没有人请我们宣传。我找过微博上的很多大号，说我们有个这样的公益巡演，很多人回复说非常感谢，但语气一转，就是各种拒绝理由。

我对自己的未来也有过担忧。但当我在这条路上走得很远的时候，我就发现很多事情并没有想象的那么艰难。做全国巡演以来，我感觉这是一种责任。我们不怕问题，不怕困难，就怕自己不敢出发。现在我们已经出发了，遇到了问题再想办法解决。

退伍以后，我们不能再到一线救火，但我们可以防火。我们的"中国梦"，就是通过我们的努力让全中国的每个家庭都有一个"消防员"。这样，在发生危难的时候，我们第一时间可以自救，而不只是等着消防员来。因为等到消防员来，可能为时已晚。

在歌曲《这是你的路》里，我写的第一句歌词是"会累会苦，不会认怂"，就是表达自己选择的路，跪着也要走完，但是我绝对不会认怂。其实很多事情，不是我们做不到，而是我们缺乏持之以恒的坚持。我认为，坚持就是每天不停地"骗"自己不要放弃。就像我第一次爬雪山，那次我一个人去云南爬5000多米的哈巴雪山。天气很恶劣，攀登过程中，很多次我快要坚持不下去了，就不断地对自己说再爬100米、再爬10米……就这样把自己"骗"上了山顶。像爬山一样，坚持就是每天不断地"骗"自己，不要放弃信念，不要停止行动。

当兵12年间，我没有回家过年。我觉得很愧对家人。2016年，我在梅州做巡演活动，那天奶奶快不行了，老爸怕影响我，就没有告诉我。后来我问了弟弟才知道，急忙赶回去，还是没有见到奶奶最后一面。今年家里的老房子改造，父母知道我做公益巡演，没有和我提，兄弟姐妹都要出钱，他们帮我把钱出了。家里建房子之前，老爸就对我讲过一定要回来，因为这是家里的大事，老家的习俗是新居"入伙"（乔迁）当天的凌晨，全家都要住进新房子里面。"入伙"前一天，我和战友们在广州参加节目，晚上9点多才从广州开车"飙"回去。过了凌晨，我们再连夜赶回广州。那天家里摆酒，村里几百人都到我们家祝贺，很热闹，亲戚们都问我去哪里了……

关于未来的规划，我很想把消防做成一种文化，尝试用不同的方式传播。因为我真心喜欢这个。我坚信当我们满头白发的时候，回想起这段经历，我至少会骄傲自豪地说，我不曾因为它的未知而退缩。如果回到过去，再选择一次，我还会干消防。就算不让我来，我也要来。

轮椅英雄

我的目的就是让更多人关注到无障碍设施的重要性，是为了中国8000多万残障人士的权利和方便。

时间	2018年6月22日
城市	拉萨
讲述	蓝天

"我的人生，分为轮椅前和轮椅后。"这是以我为原型的电影《七十七天》中，女主角对自己人生的总结，也是现实中我的人生写照。以前我是站着看世界，现在我是坐着看世界。

我原名叫尹朝霞，"蓝天"是我最早用于户外论坛的网名，因为我一直喜欢晴朗的天气，这个名字现在成了人们对我的昵称。在电影《七十七天》里面，女主角的名字就直接用了我的网名。

我1977年出生于湖北，读初中的时候跟随家人到了深圳。我从小就喜欢大自然，读书时看到一些美丽的照片，觉得很震撼，就计划以后学习摄影。当时学摄影没有什么途径，我就去图书馆借阅与摄影有关的书籍自学。高中毕业，我考上了中央美术学院的广告摄影专业。

上大学的时候，我爬遍了北京周围的山。毕业后，我留在北京做广告摄影师，大到汽车，小到珠宝，我都拍过。基本上每个周末，我都会背着大包和驴友们出去徒步。中国的户外运动那时刚刚兴起，我们相当于是最早的一批人，大家的环保意识也很高，经常在爬山时带一个大塑料袋，用来捡垃圾。

我曾经全程光脚爬华山，感觉在溪水边光着脚很舒服，后来爬山就有意光着脚。春天的时候去爬雪山，积雪没有融化，我喜欢在雪地上跳来跳去。越是人烟稀少、自然风光壮丽的地方，我越是想方设法去看看。

我第一次来西藏是在2005年，那时西藏还没有通火车，坐火车到格尔木，就没有铁路了，只能坐长途汽车。第一次到西藏，我就喜欢上了这里的山山水水。

我第二次来西藏是2008年，第三次是2009年6月。当时我打算在拉萨经营一家客栈，主要的计划是有个自己住的地方，然后去西藏各个地方拍一些照片，顺便结交些朋友，偶尔朋友来了就可以在我这里住一住。

2009年6月3日，我住在墨脱的背崩村一家客栈。那是我第二次去徒步穿越墨脱。我住在二楼，凌晨2点多起来上厕所，抬头看见天空特别美，就靠在栏杆上看星星。但没想到那个栏杆突然间断裂，我整个人摔下去，下半身顿时就没有知觉了。

出事2个小时后，才有人发现了我。那年的墨脱，交通非常不便。大家找了一块门板，把我抬出背崩。其中，前一段路程的有些地方是接近90度的坡度，十几个人用担架轮流把我抬到一个山顶的公路上，救护车可以到达那里。我的伤情在当时没有做任何处理，骨头是断掉的。我在车上很痛苦，一路颠簸，时速只有5公里。到了墨脱县城，前方的路遇到塌方。

用了3天时间，我才到了当地医院，但医疗条件很差，家人就在成都帮我联系医院。我妹妹在深圳给我打电话，说要立即到西藏来。我就阻止她，说我死不了，你来了只是陪我回去，也没有什么用处。我是笑着对她说的，她说我怎么还笑得出来。

我在成都华西医院治疗了2个月，转回深圳又治疗了1个月。当时确诊胸椎神经断了，整个胸腹及以下部位完全没有了力量，失去了知觉。当医生敲我脚板心，而我完全无感时，我就猜到可能一辈子都站不起来了，但还是幻想会有奇迹出现。

做完手术一个星期后，我天天追问医生，我有没有可能通过训练最后好起来。医生从不正面回答我。有一天我让医生把最坏的结果告诉我，我有能力承受。医生就把结果告诉我了。

在受伤前，我没有接触过残疾人群体，也不知道什么叫脊髓损伤。这个群体在这个社会是被迫隐形的，正常人很难接触到。人们想象中或者在电视上看到某个主人公受伤后瘫痪，咬着牙经过非常辛苦的锻炼和治疗，就康复了。所以，我才会抱着一点幻想。

当知道那个结果是不可逆的，我很快就调整心态。从受伤到住院，到从手术室出来，我都没有想不开，没有在深夜里哭过，也没有感到绝望，觉得那样好矫情。我最大的负面情绪来自疼痛。

住院期间，我必须每天在腰部戴上一个像"盔甲"一样的腰脊固定器，人只能长期躺在床上。当我慢慢地可以坐在轮椅上时，我就觉得非常开心。

当时吃的药死贵死贵的，对我这种完全性的脊髓损伤似乎没有什么用，更重要的是自理能力的锻炼，比如刚开始我坐轮椅坐不稳，只能反复练习。我在受伤之前，手臂力量就比一般人强。因为以前长期进行户外运动，在女生里面掰腕子，我很少碰到对手。所以，我对轮椅的适应还比较快。日常生活的一些事情，我能自己去解决的话都尽量自己去解决。

最初一段时间，我上厕所需要妈妈帮忙。这种事情非常私密，很尴尬。人每天总要上几次厕所，脊髓损伤病人每次都需要别人帮忙，那种感觉很糟糕。戴着"盔甲"的时候，我就尝试自己上小号。本来妈妈很担心，不同意我这么做。因为需要插管到尿道口再把尿导出来，尤其没有腰腹力量的时候并不容易。在一开始的时候，我自己进不了卫生间，腰弯不下去，插管不小心就容易把自己弄出血。

有一次，我不记得因为什么事情和妈妈吵架，大小便的时候我就不让妈妈碰我。后来她总结，发现每和我吵一次，我在生活自理能力方面就会有一个质的飞跃。

我是比较爱干净的人，成都的夏天很热，当时华西医院的病房条件很差，洗头很不方便，我就用推子把自己剪成光头，这样可以不用每天都洗头。我觉得自己在医院里的状态挺狼狈，没有尊严。在某个层面来说，我能够很快地独立自理，也跟我很排斥那种状态有很大关系。

第三次复检的时候，我就可以不让妈妈陪伴了。出院之前，我就在思考，我的人生不可能一直和父母在一起。作为成年人，我不能因为自己重伤就转变成被绑定的状态。我想象了很多可能性，包括未来怎么养活自己，怎么自己处理日常生活中的事情，我就试着磨炼自己。

回到深圳，我们小区门口的斜坡很陡，我每次都需要别人帮忙。有一次我单独外出，回去的时候叫新来的保安帮我推一下，他说我是给你开门的，不是给你推轮椅的。我说你们的设施没有做好，我不得不需要你的帮助。我们争执起来，甚至还报了警，最后他们的领导给我道了歉，并且很快修了一个平缓的斜坡。在受伤后很短的时间内，我就开始为自己争取最基本的无障碍出行权利。我家附近的工商银行，经过我的沟通，也在门外修了一个斜坡。

2010年3月，我回到了拉萨。妈妈当时以为我受伤后能老实待在家里，就说："你还想跑啊？"

的确，受伤之后，我有些想做的事情也许做不了。我原来的摄影工作不可能再继续，就把拍摄设备都送了人。但是，我到拉萨开客栈，是不会改变的事情。

我是坐火车回到拉萨的。那天我和家人一起吃过午饭，他们要开车送我，我坚决拒绝了，独自坐公交去火车站。到了车站我就傻眼了，从地下通道向上全是长长的台阶。我带了一堆行李，就到处求人帮忙。坐火车上厕所很不方便，我提前做了很多准备，比如小袋子。

回到拉萨，我就在仙足岛上开了"蓝天客栈"，长期待了下来，只在每年春节回深圳待上个把月。

2014年初，我买了一辆汽车。那时我已经拿到C5驾照。我考驾照，也不容易。作为同批残疾人学员里情况最严重的一个，我学了五六天，基本上每天学8个小时。

我是怎么开车呢？就是一只手握方向盘，方向盘上要装一个万向轮，一只手按刹车和油门，刹车和油门是有一套装置连接在手上的。

那年春节前，我打算独自开车走318国道回深圳。当时，我的里程数只有3000公里。318国道全长5476公里，冬天的山路不好走，还有塌方的危险。朋友们都反对，不过我把路上可能会遇到的困难都设想到了，并做了解决方案，最难的是换车胎。

我试着换备胎的那一幕，在微信朋友圈被导演赵汉唐看到了，他提出把我独自走川藏线的过程拍一个纪录片。导演找了一个赞助商，他们15个人陪我走了一趟318国道的川藏段。

我自驾的路上并没有出现问题，顺利到家。家里人事先都不知情，当时的反应是惊吓多过欢喜，说我是个"爱作死"的人。过完年，我又一个人从深圳自驾回拉萨。

虽然大家觉得我自驾的行为有点了不起，但其实，够不着水龙头、马桶太高、公共洗手间太窄……这些如厕、住宿的生活问题，对我这样的脊髓损伤患者而言才是最难的。哪怕是五星级酒店里的无障碍房间，我体验过十几次，都没有遇见过真正合理的。这些最基本的无障碍缺失才是这个群体不能出门的关键原因，不利于患者的心理康复，也造成了社会对这个群体有很刻板的印象。

我经常在公共场所被问道：你怎么一个人来了？怎么没有家人陪你？其实不是每个伤者背后都有一个身强体壮、无所事事、纯粹当苦力的人在身边帮忙。我每次听到那句话都火冒三丈。

国内很多的无障碍设施形同虚设，每一次我都会尽力去争取。

拉萨的哲蚌寺雪顿节晒大佛，我连着去过4年。我不是为了拜佛而去，而是为了争取权利。因为那个景区的无障碍通道被挡着没有使用，我第一年去的时候，没能从无障碍通道进去。第二年我去的时候，和他们据理力争了整整一个小时。晒佛的那天，因为人很多，从一个斜坡往上的两条路，一条是台阶，一条是车道，但警察把车道围成了一条VIP通道，一般人不许通行。我跟他们说，我的身体状况走不了台阶。他们就让我明天过去看，还说我这么不方便为什么还要跑过去看。我故意很大声地跟他们理论，对方换了好几拨人，头衔越来越高。后来他们让步了，就让我走VIP通道了。下一年我去的时候，说了一下就可以通行了。

在我买车前，我坐着轮椅打车，总被出租车司机拒载，投诉都没有用，所以公共出行是我的常用选择。在中国，我相信没有比我坐无障碍公交车次数多的人，不会有人拿到这方面的第一手资料比我更多。可是，没有一个公交车司机看到我就主动把无障碍踏板给我放下来的。

我好几次遇到过很恶劣的司机，他们不搭理我，直接把车开走。我在受伤后第一次去坐公交车，就碰到这样的遭遇。有一次，司机骗我说：你到后面去，前面的车门比较窄，你和轮椅只能从后门上车。我到后面去的时候，他就打算把车开走。当时我的反应特别快，马上用力拍打车门。他减速了，我立刻去到车前面，他只好刹车。车上的乘客，每次在看到司机那样对待我时，没有一个人会主动帮我，反而是在我把车拦住，大家都走不了的时候劝我，甚至骂我耽误大家的时间。

在深圳和拉萨我都遇到过这样的情况。我明明可以用很安全、有尊严的方式上车，但每次都需要极力争取，而且乘客的反应和态度让我觉得很悲哀。我一般不会麻烦乘客，因为我觉得，司机作为无障碍公交车的服务提供者，本身有帮助乘客的义务。

我每次坐飞机，也是障碍重重。《残疾人航空运输管理办法》规定了残障人士可以携带折叠轮椅进机舱，但事实是，我每次飞行都要经历各种不愉快的交涉。到了机场，航空公司要求必须使用它们的轮椅，否则就不给办理轮椅服务，甚至连安检都过不去。刚受伤的时候，我用过一次航空公司的轮椅，结果轴承断掉，我摔下来了。每个人的身高、体重和腿的长度都不一样，一把不合适的轮椅对人的身体伤害挺大的。坐飞机这样简单的事情，对我而言真是太麻烦，但我从不放弃在机场发声，不放弃让他们重视残障人士的权利。

我在朋友圈分享过在布达拉宫的遭遇。在布达拉宫的后山有一条VIP车道，普通游客不可以通行。当时没有无障碍通道，为了圆一个残障朋友的参观心愿，我特意开车陪他去。第一天我自己先去探路，与安检沟通后，他们打开栏杆让我进去了，进入第二道关口也比较顺利。第二天，安检换了一拨人，不允许我和朋友上去，我们僵持了很久，直到事情解决上到山顶时，主殿很快就关门了。第三天我们又上去。

与我们相比，正常人去布达拉宫是多么简单的事情。但是，在国内很多景点，无障碍通道基本都形同虚设，中看不中用，即便有相关设施也很少会使用。而且，国内不管哪里都很少有无障碍厕所，要不是被锁着，要不就是坏的，要不就是各种设计不合理。

为什么我总要较劲？那些事情对正常人来说也许是小事，但对我们来说并不是。最开始，我身边的朋友都不太理解。比如说陪我出去，我的坚持就意味着付出更多的时间和精力，多么不划算。但是我不这么看。我觉得如果没有人推动这些改变，没有人为自己的权利去争取，那么这个群体就会永远被忽略或受歧视。如果连自己都不为自己尽力，那么凭什么要求别人为自己争取权利。后来我身边的朋友都理解了。

有个朋友受到我的影响，小区里面的无障碍建设经过他的推动得到了改善。他装修房子的时候，就有意识地修建了无障碍通道。

文成公主剧场的山顶上有个平台，经过我提建议，他们在台阶那里修建了一个无障碍的斜坡。

我和亲友去餐厅用餐时，遇到台阶，我会"故意"支开亲友，让餐厅服务员或老板来帮忙，我教他们怎么从轮椅背后使力，把我和轮椅安全拉上去，完了还会给对方建议："餐厅要是设计个斜坡，你们就不用那么辛苦了，平时拉货什么的也很轻松呀。"

说到底，不管与人争论，还是呼吁宣传，我的目的就是让更多人关注到无障碍设施的重要性，是为了中国8000多万残障人士的权利和方便。

2014年，《七十七天》电影剧组找到我，说要写一个以我为原型的角色，由江一燕饰演。电影的女主角因为事故失去了双腿，后来自己开车、换轮胎，坐着轮椅去看世界，甚至成为男主角穿越羌塘无人区时的精神支柱。

我当时觉得，电影应该是一个可以把无障碍理念更好、更快地传达给大家的途径。在拍摄之前，我和江一燕朝夕相处了15天，我给她传达了很多无障碍的知识，她对我的生活细节有了很多了解，所以电影中的很多场景非常写实。比如我平时穿鞋真的就是电影里面那样，把腿抬高竖得笔直。

电影里有个镜头，是女主角要坐轮椅张开双手从一个很高、很长的斜坡高处向下俯冲，那一幕的背影其实是我的，我算是做了江一燕的替身。后来我才知道那一段情节拍摄的是女主角产生了自杀的念头，其实在现实中我从来没有过自杀的念头，因为生命只有一次，太宝贵了。

电影上映后，很多人关注到我，也让一些人关注到我们这个群体，以及无障碍出行的基本常识。我在电影宣传时一直呼吁，希望人们把目光多投到中国无障碍设施的普及上去。的确，在国内我们很少看到残疾人，但这不是因为这个群体小，而是因为社会还没有为他们提供相应的出行环境。

轮椅前和轮椅后的人生，对我而言，不过是换了个视角看世界，之前是站着看世界，而现在是坐着。当灾难降临时，最可怕的不是身体的垮掉，而是精神的垮掉。只要精神不垮，心有多远，身体就能走多远。

这些年，我算是在不断突破人们对残障人士认知的极限。我连续3年坐着轮椅去参加了马拉松；我开着越野车去藏北看赛马，去羊湖欢庆丰收，去过西藏境内的大部分地方。电影里面有个情节是去冈仁波齐转山，现实生活中我去过，但不是电影里的杨柳松背我，而是杭州的朋友丁丁背我。他一个人背着我走了20多公里，我用轮椅滑了10多公里。那次转山对我和他而言都是永生难忘的经历。

我去冈仁波齐转山，不是因为信仰，而是因为我还没有去过，比较好奇、贪玩而已。包括我去玩探洞、四轮摩托车、室内攀岩、滑雪，都是因为我之前没有玩过。人生已经很乏味了，不如给自己找点乐子。

关于滑雪，我在受伤之前滑过几次，自从受伤后就没滑了。我经常想，要是谁能够把我放到雪场的高级赛道上就好了，我就可以坐着滑下来。

有一天我在朋友的朋友圈看到一位高位截瘫患者滑雪的视频，我联系咨询后订了机票飞到哈尔滨，拜了中国坐式滑雪第一人张东荣为师。我是第一个主动向他学习坐式滑雪的残疾人。

坐式滑雪非常考验腰腹平衡力，但我只能靠肩部的力量来带动。苦练了两个月，从初级雪道练到高级雪道，我终于重新享受到了滑雪的乐趣。

今年年初，我代表广东队参加国内的一个残疾人滑雪比赛。有个场外的插曲。当时我正在雪场的酒店服务台投诉无障碍厕所里面堆满了杂物，看到有个运动员坐着轮椅在五六米外的电梯门口等电梯，后面来了一波人直接把他挤在旁边就进电梯了。那一瞬间，我惊呆了，他也惊呆了。所以，可想而知，我们面对的是什么样的出行环境。要是我来得及冲进去，一定把他们赶出来，顺带还要教育一下他们，不要和我们抢电梯，丢不丢人啊。

无障碍是我现在和别人交流比较多的话题。通过客栈认识的新朋友，我也尽可能把关于无障碍设施的理念传达出去。我很愿意与残障人士交朋友，他们有具体的问题咨询，我都会耐心告诉他们。

受伤之后，我逐渐发现在国内根本买不到适合我们这个群体的家居产品。我曾联系宜家，询问可否研发相应产品，但对方没有回复。我打算亲自来做这方面的事情。我已经找了一个很优秀的设计师谈合作，还需要找投资。

现在我的身体痉挛越来越严重，但我把自己的自理能力锻炼到了极限。客栈的花都是我亲手照顾的，坏掉的地插是我亲自换的。我干活的效率很高。对于未来的打算，我是想一边经营客栈，一边身体力行呼吁社会重视无障碍设施的普及与完善，给残障人士提供一个更好的生活。

解忧热线

做这件事情，我就是不想让儿子的悲剧在其他人身上重演。

时间	2019 年 5 月
城市	荆门
讲述	袁梅芳

　　我叫袁梅芳，湖北荆门人，生于 1949 年。我的人生遭遇过三大痛苦：少时丧母，青年婚姻不幸，老来丧子。退休以后，我在家里自费开办的"袁阿姨热线"，18 年来帮助了成千上万的人，被称作"解忧热线"和现实版的"解忧杂货店"，还有人用对联形容："一条热线，系牵世上可怜事；万里行程，开解人间曲折心。"横批：热线情深。

　　我原来是荆门市汽车客运站办公室的一名办事员。"袁阿姨热线"是我退休以后办的，当时并不是我提前做的退休计划，而是与我的儿子自杀有关。

1996年，距离我退休还有两年多。当时我儿子16岁，上高一，学习优异，很听话。他在班上因为坐了同学的座位，和同学起了争执，随手打了同学。班主任让他当着70名同学的面道歉、做检讨。这让他的自尊心受到伤害，他精神变得消沉，考试成绩不好，就服安眠药自杀。

我们把他送到医院抢救过来后，儿子对我说想吃饼干，我当真就跑去商店买。其实儿子是利用这个空隙，跑到附近的铁轨上卧轨自杀……

儿子走上绝路时，我痛不欲生，觉得世界都塌了，也想追随他而去。在儿子一周年忌日时，我偷偷准备了200片安眠药，准备结束自己的生命，但被我女儿发现了。她说："妈妈，如果你先走，我就会后走。"我一想，儿子已经没有了，我不能再把女儿毁了。

那段时间，我是为了女儿才继续活下来的，但我活得生不如死。慢慢地，我就想，既然活着，就要活出质量。

那时荆门广播电台有一个夜间谈话节目叫"象山夜话"，我以前就经常听。每当夜深人静时，很多听众给主持人打电话，倾诉他们的烦恼和痛苦。1999年，我退休以后，每天晚上参与这个节目。当听众打电话讲完以后，我马上打进电话，因人而异、恰到好处地开导他们，话语中带着温馨，还掺杂一些哲理。我也在节目中倾吐自己的坎坷经历，一些听众会打电话在节目里鼓励我。

这样，我既能帮别人也能解脱自己，很快得到了听众们的认可。他们称我为袁阿姨，很多人要到了我的电话号码，在节目之外给我打电话，也有人写信到我家里来。我给予他们关心和帮助，他们又反馈到"象山夜话"，然后有更多人给我打电话、写信。

当越来越多的听众向我求助时，我就想自己办一条热线，专门来解答他们的人生困惑。我一直有写日记的习惯。那时，我在日记里写了一段话："人的生命是宝贵的，生命的方式只有两种，腐烂和燃烧。为他人服务是化解痛苦，燃烧自己，照亮别人最好的方法。"

2001年12月23日，我靠每月482元的退休金，用家里的座机开通了24小时服务的"袁阿姨热线"。世上没有无缘无故的爱，也没有无缘无故的恨。做这件事情，我就是不想让儿子的悲剧在其他人身上重演。说心里话，就是因为我儿子，我才开了这条热线。如果没有发生我儿子的悲剧，我可能不会开这样的热线。这就是我开办"袁阿姨热线"的初衷。

因为我饱经生活磨难，知道痛苦的滋味，所以我把热线定位在四个方面：心理咨询、情感解困、答疑解惑和排忧解难。热线开通以后，我围绕五个方面做工作：化解仇恨、阻止犯罪，始终是热线的职责；挽救家庭、弘扬美德，始终是热线的义务；阻止轻生、减少悲剧，始终是热线的愿望；关爱少年、托起希望，始终是热线的重点；扶危济困、帮助别人，始终是热线的宗旨。18年来，热线服务没有跑出这个范围。

为了办好热线，充实自己，更好为大家服务，我自费在武汉大学系统学习了心理学课程。我是班上年纪最大、学习最认真、上课全勤的学生，取得了国家二级心理咨询师的证书。我还定期到"象山夜话"节目中做嘉宾，让广大听众参与讨论热线中反映的热点、难点话题。

☎

社会需要稳定，人民需要安宁。不管是谁触犯法律，都会给社会、家庭、他人带来危害。而我用爱来消除仇恨和邪恶。

2003年3月，我接到荆门本地的一个电话："袁阿姨，我想一死了之。在死之前，我想把单位的21个人全部炸死。在我行动之前，希望能见上您一面。"

那是一个事业单位的招待所的服务员，她在电话里哭了2个多小时，她哭我也哭。她跟单位领导和同事的关系处理不好，只要什么东西丢了，大家都怀疑是她偷了，别人都不理她。她感觉别人都瞧不起自己，特别痛苦，长期的委屈压抑使她产生仇恨。她让弟弟找了雷管炸药，等待一个开会的机会，把单位的人都炸死……

流言蜚语的确能毁掉一个人。我觉得问题严重，但不是一下子就能解决的。她主要的问题就是与别人的关系没有处理好，想要恢复名誉。我让她来我家住，一天到晚开导她，还请我的朋友来劝她。她家的经济条件相当好，宾馆的那些枕巾、被单、开水瓶，都是别人用过的，她要那些东西去打鬼啊？不管怎么说，我都不信。我告诉她清者自清。

我给她做了半年的思想工作，和她的丈夫谈心，同她的领导交流，与她的同事沟通。终于，流言消失了，她走出了阴影，别人对她的印象也好起来了。

武汉黄陂的小陈在2005年11月5日晚上给我打电话。他的声音非常低沉，说从小父亲对他不是打就是骂，养成了他自暴自弃也很自卑的性格。他跟我聊了一个多小时，听出我对他是那样地关心。可能从来没有得到过那样的关爱，他就告诉了我一个秘密："袁阿姨，我今年春节要去杀4个人。"

那时我已经活了50多年，从来没有听到过那么惊天骇地的想法。我问他为什么，他说和随州的一个女孩子谈朋友，谈了一年。他非常爱那个女孩，但那个女孩突然提出分手，没说原因，就到广州去打工。他追到广州，在女孩打工的工厂门前守了三天三夜。

女孩不愿意见他，最后让一个亲戚出来劝他回去。他不死心，跑到女孩老家去求情，但被女孩的父母赶了出来。回去以后，他的心态就变了，说自己得不到的，也绝不让别人得到。他准备在2006年正月初二，用枪把女孩家四口人全部打死，然后自杀。

我很惊讶。他让我不要管他，更不要报警。我就想，我是一个母亲，还是一名党员，那么能不管他吗？我要了他的详细地址和座机号码。第二天我给他写了一封长达5000字的信。

看信以后他给我打了一个电话，说我是对牛弹琴。他还给我回了一封2000多字的信，装在一个黑色信封里。信里写的都是怎么报复，还写了制造枪的方法。他怕我不了解，有些重点地方还专门做了记号。

我决定一定要阻止他。每隔两天，我就给他打一次长途电话，每个星期给他写一封信。我提出让他到我这里来，或者我到他那里去，都被他拒绝了。其实他很尊敬我，但不听我的话。

坚持了2个月的谈心，我都没能开导他。我就巧妙地要来女孩家的详细地址。距离过年还有不到1个月，我给女孩的父母写了3封挂号信，但一直没有收到回复。那段时间，我因为这件事情整夜睡不着觉。我咨询武汉大学的3位心理专家，他们都劝我放弃，让我不要管，或者报警。但我没有听专家的，继续给他写信、打电话。

2006年1月26日早上，他给我打电话说："袁阿姨，我听你的话，不报复他们了。春节以后，我要去湖南打工，重新寻找幸福。"听了他的话，我泪流满面，默默地哭了一场。我对他说了3个字："谢谢你。"其实我怕他说假话，在正月初二、初三、初四连续3天，给他打了3个电话。过完年，他说袁阿姨你能不能给我500元钱。那时我的退休工资才600多元，就给了他300元。后来他在武汉工作、成家，人生走上了正轨。

这样的人在实施犯罪前来询问我的意见，说明他们并不是无恶不作。他们还有一线希望可以挽救，只要有人在关键时候给他们指引，帮他们排解痛苦，就能阻止犯罪。

☎

"袁阿姨热线"开通以来，求助的问题五花八门。以前我想着这些场景肯定是电视里才有，但办了热线之后，我发现电视上、小说里的人间百态都呈现在我面前。其中反映最多的是家庭问题，涉及夫妻关系不和、邻里关系不融洽、婆媳相处不好、婚外情、子女教育问题等方方面面。家庭是社会的细胞，千千万万家庭的和谐直接关系着社会的稳定。家庭不幸、不和谐，就是很大的问题。

距离我家不远的一对夫妻，据我观察，他们的关系还可以，但丈夫脾气特别暴躁。每当发生争执，他就动手打妻子，而且下手太重。有一次，妻子一气之下跑回了娘家。他去接了3次，岳父母不让他进门，妻子也不见他。他没有办法，就打电话给我。

我二话没说，跟他到了他妻子娘家。下了汽车，有一段3公里的土路，他非要租一辆蹦蹦车，结果我一不小心从车上摔下来受伤了，但我忍着痛去了。他的岳父母不理我，我搬了一个凳子，坐在他们的身边说，你们给女婿最后一次机会吧，以后他要再动手，我支持你女儿离婚。现在你的外孙和外孙女需要一个完整的家，我和你们不沾亲不沾故，就是为了这个事情来的，希望你们能够原谅他一次。

我谈了大概2个小时，他们都不松口，我就把受伤的情况告诉了他们。看了我腿上的伤，他们感动了，说你们先回去，女儿现在不在这里，明天你们来接吧。第二天，我又随他去把妻子接回家，他们就和好如初，后来相处得蛮好。

我关心离婚的人，也关心那些受家庭暴力的人。荆门有个女孩，长得蛮好看，有一次和弟弟吵架，弟弟说气话："你既然那么好，怎么28岁了还没有人要？"她就当真了，说："我马上结婚给你看。"她赌气找了一个离过婚的男人，谈了7天恋爱，第8天就领了结婚证。

我和她以前就认识，她给我打电话说结婚了。我对她说："你要是我女儿，在我身边，我会呼你两嘴巴。你怎么把婚姻当赌注？以后你要是痛哭，不要到我家来，就躲到厕所里去吧。"

结果，她得知自己是那个男人的第4任妻子，心里不平衡，和对方吵架。男的原形毕露，把怀孕的她一脚蹬倒在地，孩子流产了。我那时还去看过她。后来，她再次怀孕了，孩子出生后第3天，男的就把她的耳朵打聋了。

当时孩子太小，不能离婚。孩子一岁以后，她起诉离婚，法院不受理。我想把她从痛苦的深渊里面解救出来。本来我下楼时把脚崴伤了，那种情况下，我为了她在法院、妇联、市长热线等各个部门跑了整整半个月，都不受理。我好不容易找到了法院的院长，经过他的干预，才终于立案。拿到离婚判决书那一刻，她说："袁阿姨，我以后会永远把你当妈妈。"

法院判给她6万元。男方的母亲不服气，找到我家里，打了我一耳光。那是我开办热线以来最委屈的一次，我当时真想把电话线扯了。但很快我就想，这不算什么，社会上有很多善良的人站在我的背后，他们给了我无形的力量。

☎

在阻止轻生、减少悲剧方面，我有过努力。荆门一家大型企业的一对夫妻，原本感情非常好，有个可爱的儿子，两人收入也高。男的有一次出差，经不住诱惑，发生了一夜情，回家后把性病传染给了妻子。而妻子为了报复丈夫，在单位找了个情人。她还不解恨，又在网上找了一个情人。男的再也忍不下去，就说离婚。

她说谁怕谁啊，并提出相当苛刻的条件，要求男的净身出户。男的就同意了。她之所以提出那样的条件，是相信他们之间还有爱，相信他迟早会回到她身边。没想到3个月后，男的找了一个女朋友。她知道以后，去和人家打了一架，回家喝药自杀。那天晚上9点多，她给我打电话，说："袁阿姨，这是你最后一次听到我的声音。"

我找到她，把她送到医院抢救。出院以后，我让她到我家住了6天。她后来说："袁阿姨，我再也不做傻事，决心对他放手了。"经过半年的交流关心，她走出了那段经历，并且成立了新的家庭。

荆门的一个女孩，到银行给单位取钱，由于大意没有清点，回去以后发现整整少了一万元。她家在农村，刚参加工作不久，工资不高，当时就想跳楼自杀。她打电话给我，我问她在哪里，坐车赶到后陪了她一天一夜，回来以后一连几天晚上给她打电话。我建议她向领导说清楚情况，自己赔上就行了嘛，你的命难道才值一万元？我说儿子走了以后，我当时痛苦了很长时间。要是你走了，你的爸爸妈妈多么痛苦。后来她自己处理了这件事，感谢我给了她第二次生命。

☎

未成年人是祖国的未来，关心他们，是我义不容辞的义务。2004年，荆门市的一个小学生小凡，因为爸爸妈妈沉迷赌博，他和妹妹交不起学费和餐费，在学校抬不起头。他让同学给他带了农药，准备自杀。班主任走进教室时，闻到了农药的气味，把他的农药没收了。

媒体报道这个事情以后，我连夜给他写了一封长信，第二天乘车赶到那个小学。当时他在家里，距离小学有4公里，我和他的班主任到了他家。我把他抱在怀里，对他父母说："你们把他带到世界上来，要尽到做父母的责任和义务。这次是不幸中的万幸，要是他自杀了，你们会后悔一辈子。"我留了200元钱给他，后来又去学校看他，给他买了春夏秋冬四套衣服。在我的关心下，他顺利读完了小学，升入了初中。

还有上网成瘾的。一个家长给我打电话说她儿子天天通宵上网，白天睡觉。她痛哭流涕说："救救我的儿子！"我觉得把握不大，但还是去了她家。她儿子躺在床上，用被子蒙着头。我站在床前，苦口婆心说了一个多小时，他都没有理我一句。我觉得这样没效果，回去以后给他写了一封2000多字的信。他收到信以后告诉妈妈，他妈妈让他回信。他说袁阿姨的文笔很不错，写信怕我笑话，要给我打电话，来看我。

他妈妈当时高兴得泪流满面，给我打电话说坚冰终于融化了。从那以后，他真的没上网了，跟爸爸去做工程。他在上学时读的是医学，17岁就毕业了，后来开了口腔诊所，但太年轻，没经验，生意不好。再后来，他结婚生子，做了别的生意。

我开热线，是做公益，另外还参与别的公益，扶危济困，帮助别人。荆门媒体报道的家庭贫困的住院重病号，我去看望她们。刚开始每次给200元或300元，现在就给500元，我的工资现在只有2000元。这10多年，我给这些人捐款大概有2万元。

荆门的一个女孩小梅，2岁时爸爸妈妈离婚。2006年，宫颈癌晚期的她被爸爸遗弃在一个出租屋里，后妈的态度更不用说了。媒体报道她的遭遇以后，好心人捐款把她送到医院治疗。捐款用完以后，医院要求她出院，而出院以后只有死路一条，她想要自杀。我想让她在生命最后的日子里可以感受到母爱和家的温暖，就给荆门的企业家们写了18封信，募捐了3万元，保证了她的医疗费用。在每天接热线之余，我去医院陪伴她，我实在没时间的时候，给她请了护工。

她哭着对我说："袁阿姨，你就是我的妈妈，是你让我继续活了下来，我要笑着离开这个世界。"她提出要捐献眼角膜，但由于荆门的医疗条件有限，她去世以后这个愿望没有实现。

我还关心那些在监狱里的人。在荆门和荆州的几所监狱和拘留所里，我有过3个帮教对象，都顺利改造后出狱。我带着水果和书籍去看他们，并多次给他们写信。有个最顽固的帮教对象，犯了伤害罪，经过和我两三年的交流，他得到进步，减刑出狱后，对我保证一定会走好今后人生的每一步。

☎

这个世界上有很多事情，是我力所不能及的，但我至少有真诚的声音、满腔的热血和一颗滚烫的心，去关爱、去温暖需要帮助的人。在热线开通的前12年，我几乎没有一个晚上睡过安稳觉。每天半夜两三点都有人给我打电话。最近几年，电话少了一些。

截至2018年12月底，我接到过除港澳台以外全国各地13万多人的电话，上门做思想工作行程有15万多公里，上我家求助的有12000多人，成功做了11000多人的思想转化工作，其中未成年人229人，102人放弃轻生念头，129个家庭得到挽救，98人没有实施犯罪。

在求助者中，有一个人在饭店看到报纸上有我的报道和电话，想把报纸带走，结果喝了酒就忘记了，第二天专门去找到了那张报纸，给我打电话。得知这个经过，我觉得他是真心实意的。这个人吃喝嫖赌样样齐全，40来岁。我说你要是听我的话，就不要赌了，其次不要乱来了。他有两个月没有赌和嫖，但之后又去赌博，被警察抓住关起来，还罚款万把块钱。他给我打电话，让我寄5000元钱。我说我连500元钱都没有，就算有钱也不会给。我对他太失望了。他被放出来以后又联系我，让我给500元。我给了200元，说永远不会再给钱了，以后不要给我打电话。他再也没有给我打过电话，这是我唯一主动放弃的一个人。

为了热线，我18年来的开支大约7万元。我现在的工资有2000元，吃饭、穿衣、看病，还要帮助别人，实际上经济非常紧张。有许多人关心我的经济状况，但我都谢绝了。

2005年7月，我在北京人民大会堂领取中国百名公益人物奖，是所有获奖者中唯一的女性。当时我身上的衣服是好朋友花150元钱给我买的。我的生活过得比较清贫，家里没有什么值钱的东西。每天24小时，我除了吃饭、睡觉、买菜，除了偶尔一点自己的事情，其余的时间和全部心血汗水都给了这条热线。如果没有及时接到电话，我会翻看来电显示，回拨过去。我用坏了8部电话，写了60多万字的热线日记。

6000多个日日夜夜，我很累、很苦，很愧对家人和亲人。2002年，父亲病重期间，我没有在他身边长时间照顾。在他的遗体旁，我长跪不起，觉得愧对了他老人家的养育之恩。80多岁的婆婆，我也很少管，都是我丈夫在照顾。我也对不起丈夫，没有尽到妻子的责任和义务。2009年，他因为肝硬化腹水去世。有他在的时候，我们俩的家还像个家。现在我孤零零的，家哪像个家呢？我的女儿，虽然成家了，我也很少关心她，很对不起她。

我失去了很多，但也得到了社会的认可和人们的尊重。我的同学们在微信群里夸我是66级同窗的骄傲。每逢节假日，一些朋友给我打电话、写信，或者到家里来看我，让我十分开心。我觉得人生价值在这里得到了体现。我劳累，我也快乐。我辛苦，我也幸福。我付出，我骄傲。只要我的手还能拿电话，我的嘴还能讲话，我都会坚持把这条热线开下去。

流浪动物之家

我救助过成千上万的流浪动物，每只流浪动物都有一个悲惨的故事。

时间 | 2022年7月2日
城市 | 成都
讲述 | 陈运莲

　　我做梦都没想到，自己会搞出这么大的队伍，而且越整越大。有些朋友说，你娃子不晓得啥德行，以前做生意那么成功，后来成立爱之家动物救助中心，都整成全国最大的基地。

　　有啥子办法呢？我就是这种人，不管选择啥，拼起命都要做好。他们开玩笑说："我们才50块钱工资的时候，你都有自己的好几间商店，而且是买下来的店铺，结果现在呢？"

　　我说，现在有5000多条生命。26年来，我总是跟自己说，救一个吧，再救一个吧。一天又一天，一个又一个，我救助过成千上万的流浪动物，每只流浪动物都有一个悲惨的故事。这些故事，得从头讲起。

那个眼神，让人看一眼就没法忘记。在我家附近的那个路口，我无意之中向路边瞥了一眼，刚好我们四目相对，我立马觉得那种乞求的眼神好绝望，好可怜。

　　我根本没顾得想，就走过去说："小狗狗，你是不是出来耍，找不到回家的路？你怎么这么笨？"

　　它给我摇尾巴。我说你快回家吧，它还是给我摇尾巴。我把它抱起来，感觉它生病了。那时候宠物医院很少，我花了两个多小时，才在一条小街道上找到宠物医院。

　　检查以后，医生说不要救它了，它有犬瘟。我问啥是犬瘟，他说对狗来说很致命，不容易救活。我说，这是缘分，尽力救吧。该用啥药就用，钱不是问题。他看我那么坚决，开始给它输液。

　　那时我才想起来，本来要去签合同，结果忘记了，已经过了快3个小时，只好放弃。医生问："你多大的合同啊？"我说这笔生意还有点大。他说："哎呀，你为了救一只狗狗，牺牲那么多，好可惜呀。"我回答："钱是挣不完的。如果能够把它救活，就很好。万一救不活，我也尽心了。"医生说："你咋那么强的责任心。"

　　当时还不兴宠物住院，输液以后，我对医生说："你

238

教我打针吧，我没太多时间跑医院。把它该用的药都开给我，我在家护理它。"

它是一条京巴犬，我给它取名叫"笨笨"。因为我觉得它太笨了，找不到回家的路。10多年后，笨笨寿终正寝。在去世前一小时，它趴在地上，一步步挪到我跟前，费力地把头蹭到我手边。

笨笨去世后，我大哭了一场。我遇见它那天，是1996年3月17日。从那时开始，我就走上了一条救助流浪动物的"不归路"，再也没得办法回头。

我是成都人，生于1949年，从小在四川医学院家属院长大。中学毕业时，国家号召"把青春献给祖国""到最艰苦最需要的地方去"，本来街道办事处要留我在城里，但我不干，去了渡口市，就是现在的攀枝花，支援三线建设。待了10多年，我才被调回成都，在国营工厂工作。

上世纪80年代兴起"下海"，我从工厂停薪留职，"下海"做日用品批发，生意红红火火。"买资格货（四川方言里指最好的货物），到'荷花池101'"是当时成都许多商贩口中流传的一句话。"荷花池101"，正是我经营批发商

239

铺的地方。我属于成都"首先富起来"的那一批人，在90年代已经比较成功，算是百万富翁，生活无忧无虑，住200多平方米的跃层式豪宅，有好多辆私家车，经常在全国随心游玩，去草原骑马，去大海冲浪。

救下笨笨的时候，我在荷花池和草市街已经拥有4间门面，手下有20多名店员。我小时候没有养过小动物，笨笨对我特别亲近，让我感受到动物很懂得感恩，我也觉得很自豪，因为我救了它的生命。后来，我只要见到流浪猫狗，就往家里带。说实话，那时我想自己有的是钱，救猫救狗算得了什么嘛，根本不在话下。

很快，屋里头装了更多猫猫狗狗。我像送礼物一样，把它们送给每个家人。我家里头很漂亮，装修并不复杂，但是很温馨，曾经被电视台当成样板房拍摄节目。但是毕竟环境和空间有限，逐渐被猫猫狗狗破坏了。

像那个宠物医生说的，我的责任心特别强，一旦选择了啥子，就不能够一心二用。我的生意那么忙，没有太多精力照顾它们，就想办法请人，但人一听说照顾动物，就觉得是根本没有办法理解的事情。于是，最初几个月我亲力亲为，把很多生意都放弃了。

好不容易请了两个人，照顾5只狗和几只猫。我们家不需要保姆，照顾猫狗的工作很简单、很轻松。我为她们着想，请两个人互相有个伴。我给她们高工资，经常

240

给她们买衣服，想吃啥在家里随便做。结果她俩心理不平衡，遛狗时有人嫌自己多牵了一只，而且觉得照顾狗狗，把她们贬低了，言行越来越过分，对动物没有真正的感情。

我很生气，把她们解聘了，只好自己干。

不知不觉地，我救助的流浪猫狗越来越多，家中一下子显得拥挤起来。很多媒体不断地联系我。但我最开始不接受任何媒体采访，因为我觉得不为名不为利，何必沸沸扬扬呢。自己慢慢救，尽心尽力就够了。

成都电视台的一个记者不断找我，不成功不罢休。她说："你如果不把这种善意和善举宣传出去，不能够教育大家，流浪动物会越来越多。虽然你现在很有钱，但是长期下去，只出不进，最后肯定是金山也要搬空。依照你的性格，碰到一个救一个，是没有止境的，可能会发展到很大的队伍。"

我反驳她，哪里会有那么多流浪动物呢？她说："你看嘛，我找你的这段时间，你家里不是增加了好多吗？虽然你现在还不那么老火（指棘手），但是一直这样下去咋办？"我觉得她分析得有道理，才接受了采访。

采访之后，不得了，人们一有流浪动物就往我家里送，也不断有人上门说想领养。我想领养是好事，人家都是好心才来找我的吧。当时家里有50多只猫猫狗狗，我把它们打扮得特别漂亮，照顾得非常好，还给它们美容。3天之内，领养了30多只出去。

快到一个月回访时，我非常失望：很多动物不在了，有的特别好看的被卖了。只有一个小女孩跟我说对不起，家人不准她养，就给我送回来了。我表扬她很负责，小娃娃这么懂事，以后肯定有前途。

有一只西施狗，本来很漂亮、很聪明，浑身雪白的毛，我给它取名叫"落落"。回访的时候，那个人不接电话。有一天我突然上门，看到家里灯光亮着。我敲门进去，问他领养的狗狗呢？他装傻，问我是哪个。我说这么短时间，认不得我啦？狗狗呢？他说在呢。我说咋没看到，他就不开腔了。

我喊了很久，落落把我声音辨别出来了，才慢慢从床底下爬出来。它全身都在发抖，相比起领养前，简直变了个样子。我气惨了，一下子哭了。我说："你领养的时候说要善待它，咋会变得这个样子？"他说："它不吃东西，我有啥子办法呢？"我一下子就愤怒了，说："你这样不配做人。"

我把狗狗抱起来就走了。回去以后，起码过了一个

242

月，那只狗狗才走出阴影。它每天都很紧张，一看到家里其他人就躲起来，只有看到我还好点，绝对是被打怕了。

那次领养的结果，对我打击太大。我觉得那些人真的不可理喻，而且发现流浪的猫猫狗狗并不是因为笨才找不到回家，实际上都是被人有意抛弃的。从那以后，我对领养卡得很严格。

到2000年，我救助的猫猫狗狗达到80多只，家里显得拥挤不堪，几乎容纳不下了。并且，那么多动物的叫声和味道，让家里人不理解，邻居也很不满。我老公是个好客之人，他抱怨说，以前几乎每天都有客人来，但我收养猫狗数量增多后，大家都不来了。眼看着捡回来的猫狗越来越多，各种矛盾不断升级，我决定带着猫猫狗狗们出去租房。

我出资30多万元，租的第一个地方，是成都郊区一处300平方米的农家小院。院坝是泥土地，我想打成水泥地。没请到人，我就自己动手。开始之前，需要把猫猫狗狗们关在屋子里。我没有经验，地面弄得净是些包，有时猫猫狗狗跳出来，我得把它们抱回屋里。

经过来回折腾，等到院坝修好，我的脚肿了两个月，才慢慢消肿。那完全是累的，得不到休息，吃的东西又差，基本上是泡菜和馒头，要不就是开水泡饭，因为这样不用经常买菜，可以节省时间。但是对于狗狗猫猫的饭，我是不含糊的，必须要弄好。

有一天，我给猫猫狗狗买吃的，走过一家小院，听到里头狗狗的惨叫声。院门没有关严，我看到一个太婆正拿着铁棍打一只被铁链子拴着的狼狗，就走进去问她为啥打它呢。她说不想养了，打死了吃肉。

我说："你怎么恁狠心，能下得了手？"她说："管你啥事？我自己养的，打它是我的权利。"我不晓得怎么说了，就给了她50块钱，把那只狗买下。那只狗听到我救它，眼泪就往下流。它在哭，我也跟着它哭。我说跟我回家吧，它就跟着我走了。那是我第一次救体形大的狗。

回去以后，我怕它和小狗们打架，把小狗伤了，就拿了一个不锈钢的缸子放在二楼，准备喂它。

那时是6月，天气很热。我给它弄了一大盆肉和饭，它稀里哗啦地吃，可能以前饿得特别凶。等它吃饱，还剩了一点，我想如果不端到阴凉的地方，下午就馊了。我伸手去端时，它以为我要抢它的食物，一口就含过来。我忍着痛说："你瓜得啊，我救你，你还咬我。"

它一下子松口了，缩回到笼子边上，可怜巴沙，显出很委屈的样子。我的手被咬穿了，血浆四溅。幸好我没有扯，不然手就扯裂了。我赶紧下楼去自己包扎。刚好来了两个志愿者，他们给电视台打电话。不一会儿，我的手就肿胀得很大，血已经浸透了纱布。

记者赶来，想要拍摄我的手。我不准拍，对他们说，这样拍了播出去，哪个人还敢救它们呢？他们说："陈阿姨，你都伤成这个样子，还不赶快上医院，竟然想的是播出去没人再救它们了。"他们放弃了拍摄，还给我捐了200块钱。那是第一次有媒体给我捐钱。我受伤都没有哭，那一刻因为感动，哭得稀里哗啦。

我被咬伤的是右手，很多活没法干，找不到工人，家里人又都忙得不可开交。原来的生意是以我为主，我兼顾不了两边，只好把生意放弃了。门面出租给别人，后来人家居然说租金都没有挣够。我挨不过那种情面，也不想怄气，而且越来越多的猫猫狗狗需要源源不断的开支，我慢慢就把所有门面都卖了。

2008年，汶川发生大地震，很多人在一夜间失去家园，动物也是。地震一周后，我办好了灾区通行证，想去做动物防疫，也顺带救助猫猫狗狗。

7辆面包车，每辆配2名司机，我领着几名志愿者连轴转，自己带着水和干粮，前往北川、彭州、都江堰……几乎每个极重灾区，我们都去了。看到有些搜救犬刨得"双手"鲜血直流但仍不放弃，有的都累瘫了，我感动得哭了很多次。我给它们打针，护理伤口，一直含着眼泪花。

出发前，我在报上看到一则消息，说地震当天，有个太婆和同伴在银厂沟遭遇山体滑坡，同行的人不幸遇难，她躲过一劫后，被困在两块巨石之间。那段时间，有两只小狗一直陪着她，她快要昏迷的时候，就去舔她的手和嘴，把她舔醒。周围一有动静，两只狗狗就不停大叫，像在呼救。过了八天八夜，搜救队伍听到狗叫声，发现了被困的太婆。后来两只狗不知去向。我心想，它们到底是死是活，我必须要把它们找到。

冒着余震和落石，我心急火燎，赶到银厂沟。救援人员为了安全，不同意我们擅自进山寻找。刚好遇巧，在那里搜救的特种部队的张连长给了我一个线索：那个太婆就是他和战士们顺着狗狗的叫声找到的。他说，两只小狗应该就在附近，根据规定，它们不准进帐篷，前几天战士还喂它们吃过东西，这两天才不见了。

我的心一下子就紧了，想着是不是出事了。张连长和战士跟着我，我在周围喊了很久，根本没有动静。天快要黑了，山上下来一个和尚。我追上去问，他说那是他养的狗。我问他咋不把它们带走，他说自己现在都没有家了，还说看到报纸上登过我的事情。他喊了三声，两只狗狗出现了。他抱起它们说："把它们交给你，我很放心。"

我给两只狗狗取了名字，一只叫"前进"，一只叫"乖乖"。

在北川的路边，我救了一只狗，取名叫"路边"。当时我距离老远就看到土坡上有一个白色的东西，可能是习惯，我想会不会是只狗。我走过去，果然是一只白色的狗。它坐在几件衣服上，神情很漠然，呆呆的，一动不动。我慢慢靠近，向它伸手，它没有动，喊它，它还是没有动。

从附近的帐篷出来一个大姐说，这只狗狗造孽的很。它的主人全家被地震埋葬在下面了。它守在那儿，用爪子一直刨。没有刨出主人，只刨出一堆衣服，它就坐在衣服上面，日晒雨淋，几天都没挪过窝了。

大姐怕它饿死，每天端水和食物给它。试着把它吆进帐篷，它挣脱着跑出来，继续守在那儿。做防疫时，人们把它打跑了，把那些衣服烧掉了。傍晚，它爬着回来了，身后带了一路的血，因为脊梁骨被打断了。它居然又找到了主人的衣服，拖到原处，仍然趴在上面。

听大姐说的时候，我一直在哭。它的体格不小，但已经瘦成一把柴了，看起来没有多少力气了。"乖，妈妈救你回家。不然你就会饿死或晒死，要不然会被打死。"我对它说，"跟我回去就能看到你的主人了。"

它抬头看着我，不再是漠然的表情，试着把身子贴近我。我晓得那句话生效了。

从地震灾区，我救回了300多只狗和几十只猫。在基地一起生活了几年后，"乖乖"被领养了，"前进"从此变得闷闷不乐。我感到狗狗重感情的程度，不比人差。

"路边"被我送到医院时，已经错过动手术的最佳时机。我们给它和其他的残疾狗狗各做了车子，每天让它们的车队绕着给它们修的游泳池跑步，车车上还插了小红旗，看着多么好耍噢。它本来体弱，尽管被照顾得很精心，最后还是没活到一年。它走后，我给它立了个碑。

2009年5月20日下午，我在民政部门注册的爱之家动物救助中心，拿到了印章和散发着油墨芳香的登记证书。这使我可以更加名正言顺地救助流浪动物。只要一听到消息，我就千方百计去救。

有一次，志愿者跟我说新津有个人杀狗，我半信半疑，和他们到了一个偏僻的院子外面。还没走到门口，我就闻到好大一股血腥味。院门是打开的，地上好多血，狗毛堆了一大堆。有些还没有被杀的狗狗在地上发抖，有些被铁链子拴着，有些被关在笼子里。有的被杀了，倒在地上，眼睛睁得很大。

我看了那种场景，蹲下来"哇"的一声哭起来。有两只后腿被砍掉的狗狗，向我爬来，舔我的泪水，好像在说"你不要哭"。一个粗鲁的男人听到了，出来乱骂。我问他为什么要杀狗，他说要卖钱，我就拿钱全部买了。数了数，一共20只，最后发现有一只数漏了，我想把那只一起救走，但那个男人好可恶，提起斧头跟着我们猛追。狗狗装在车上，我们跟着车子拼命地跑，幸好最后跑脱了。

遇到这样的惊险情况，我以前没经验，慢慢懂得多了，就找相关部门一起行动。2021年5月3日，我们拦截了一个涉嫌违规寄送"宠物盲盒"的快递网点，还上了网络热搜。

当时，志愿者经过好长时间暗访，发现每天天黑时就有一辆货车装满了猫猫狗狗，用绿布蒙着。到了据点，"下货"相当快，可以听到猫狗的惨叫声。当天，我们到了那里，天麻麻黑了，一会儿车就来了。为了抓现行，正在"下货"时，我们站出来把他们堵住，一边通知别的志愿者，一边报警，联系相关部门。最终我们救下了157只活着的小奶猫、小奶狗，另外有的死了，已经发臭，场面真的很令人心痛。

今年1月中旬，德阳市罗江区公安分局查获了一批非法贩运猫狗的窝点，他们从四川追到贵州，把狗贩子拦住，救下200多只猫狗，没有办法安置，就给我打电话。我立马答应了。经过来回那么远的折腾，水没喝一口，饭没吃一口，很多猫猫狗狗生病了。我们熬夜安置，将病情、伤情严重的送到医院治疗，但精心的照顾也没能挽救所有经受磨难的小生命。狗狗活了大约70%，猫猫只活了几只。

每一次救助，看着一开始奄奄一息的小动物最后活泼乱跳，还有那些即使身体残疾但仍坚强活着的小生命，我常常为生命的韧性而感慨，为渴望活下去而爆发出来的无穷力量而惊叹，也常常为人心的冷漠和残忍而悲哀。经历得多了，我的眼泪花都很少了，有时我忍不住想哭，但是没有眼泪了。

一路走来，我救过的猫猫狗狗都活过几辈了，总数绝对超过上万只。工人跟我说现在基地里有6000多只，但我就当5000多只，因为我觉得说的多了，心理压力更大。

救是一时，养是一世。目前，爱之家在超负荷运转，各种苦与难，真是说不完。我最大的压力，是经济压力，因为救助的猫猫狗狗越来越多，基地已经爆满，粮费、医药费、地租、水电费、维修费、工人工资，每个月都是不小的开支。每次购买狗粮、猫粮，一买就是10吨、20吨，为了省钱，都是基地的人自己搬运。我今年73岁了，精力和体力都不如从前，每天跟工人一样地干活。给猫猫狗狗喂饭，将粮食从厨房送到犬舍、猫舍，我担不起了，就用双手提，上坡下坎，不是一般的累。

如果做生意，我烦了就可以放弃。但是对于它们，我没有办法，因为生命只有一次，我救了它们，只有咬紧牙关坚持。我的积蓄花光时，看着几千只猫猫狗狗祈求的眼神，不得不对外求助。"我很需要大家帮助。"说出那句话，我躲进小屋子，哭了两个小时，想起自己以前多么好强，拒绝了很多捐助。

从一个人亲力亲为，到注册爱之家，我经历了4次搬家。2011年租下的这片山头，占地110亩，花费500多万元，大家捐了100多万元，其他都是我做生意赚到的。爱之家能够维持到现在，离不开大家的帮助。

也有人指责我："有钱拿去救助那些贫困的人总比养流浪猫狗好！难道这些猫狗比人有价值吗？"我觉得救人与救动物不矛盾，我表面上是在救猫狗，实际上是在关爱生命，救助人心。

爱之家的门口有个狗狗雕像。那是一只田园犬，我给它取名叫"狗运"。救它的时候，它很惨，一条腿全都溃烂了。我抱它到医院，动手术时，医生被溅了一身的血，它的伤口3天都止不住血。我把它接回来，每天喂肉给它吃，买了云南白药一瓶瓶地往伤口上倒，加上消炎药，过了3天帮它把血止住了。

后来，基地每来一个人，它都要去迎接，走时会去送。尽管只有三条腿，瘸着走路很吃力，而且路的坡度很大，但它都迎来送往，和人很亲近。我觉得狗一旦和人建立感情，就非常感恩。那种真情，有的人做不到。都说动物低智商，那为啥高智商的人会忘恩负义，冷血、残忍、变态，虐待别的生命，啥坏事都做得出来呢？

关关难，闯关关。基地现在离不开我，有时我得抽空回家照顾老公，他有心脏病。儿子有他的事业，经常也不在家。我365天不得休息，因为没有人可以替代我。我希望能够培养一个接班人，替我担起这个重担。过了8年，接班人还没招到。我也希望人们养了宠物，能善始善终，不要抛弃。和谐社会，人和动物也要和谐。我还希望我国的动物保护法早日出台。

未来，如果流浪动物越来越少，甚至没有了，那么爱之家越变越小，或者不存在了，我就能够很欣慰地离开这个世界。这是我最大的愿望。

全家福拍摄团

很多全家福缺爸爸妈妈。有时我会把狗也拍上，狗也算家庭的一员。

时间	2017年5月31日
城市	贵阳
讲述	闻双、孙翠平、杨洋、张健

贵州省很多农村家庭找不出一张全家福，很多农村老人一生都没有照过相。从2012年5月至今，贵州师范大学摄影专业的一群大学生组成"1家1"全家福拍摄团，利用春节、五一、国庆假期，先后深入全省17个贫困村寨，免费为村民们拍摄冲洗全家福、老人照及儿童纪念照总计1万多张，让5000多个家庭拥有了一张幸福的全家福，让3100多位老人、3700多名儿童有了自己的第一张照片。

闻双：希望贫困农村的每家每户都有一张全家福

我们这个公益摄影团取名"1家1"，是希望贫困农村的每家每户都有一张自己的全家福。

"1家1"的发起人之一郑宇潇，跟我是老乡，也是毕节的。他和同学万安、王邦必等一群人，都对摄影特别痴迷。我听王邦必讲过，他妈妈省吃俭用送了他一套相机，但不到两个月，妈妈因为长期患病去世了。

　　没能给家里拍一张全家福的遗憾，让王邦必萌生了为其他家庭拍摄全家福的想法。其他同学也意识到，在贵州一些偏远的农村里，很多家庭翻箱倒柜也找不出一张全家福，有的老人甚至没有一张属于自己的照片。

　　于是，在2012年5月，"1家1"全家福的拍摄计划就开始了。那一年是"1家1"的起步阶段，师兄师姐们在试探性地搞这个活动。我知道"1家1"的时候，他们正在筹备第6次活动。我也是农村的，能深刻体会到全家福的意义所在。我自己只有一张半岁时的照片，从半岁到12岁一张照片都没有，不记得自己是怎么一下子到12岁的。

　　"1家1"的资金都是团员自己筹集的，有时候也拉一些赞助。筹集的方式就是收废品。筹备第6次活动的时候，团队把以往下乡时拍的一些花絮剪成了纪录片，通过展览做宣传，让同学们了解"1家1"到底是做什么的。再去收废品，提到"1家1"时，同学们都说："我们已经把瓶子给你们收好啦。"团队收了一下午废品，最后卖了800多块钱。就是通过那一次的资金筹备，我和"1家1"结缘了。但是那次摄影活动我没有来得及参加，因为9月我就去参军了。

2015年10月退伍后，我回到校园。在2016年五一期间，我正式参加了"1家1"的第13次活动，去了贵州南部的望谟县边饶镇岜饶村，那是我真正意义上的第一次下乡拍摄。经费方面，13个人每人垫了200元，加上之前还剩的一点点钱，总共有3000多块钱。

那个地方是我亲自寻找和联系的。"1家1"的目标是贫困农村的人群，因为县城里人人都有手机，手机里都是照片。每次找地方，我都先在网上把贵州特困县、特困镇、特困村找出来，再通过谷歌地图放大看地貌和村庄分布。如果是平房就肯定反光，地图是亮的。如果是茅草房、瓦房，那地图就是灰灰的，村里条件可能比较艰苦。通过对比，我们决定选一个村庄。

选了地方，我们就联系镇政府，得到他们同意，说欢迎我们去，我们就按时出发。我们的原则是"服务人民不扰民"嘛。如果人家不同意，那后面的活动也会很不顺利。我们遇到好几次，当地政府不让拍，可能是觉得我们会对他们有一些负面的宣传。

关于时间，我们在不影响上课的前提下，尽量找五一、国庆、春节这三个时间段。

第13次活动很顺利，我联系到当地乡镇上的书记，他说非常欢迎，还跟下面的村主任打了招呼。每天村主任就带着我们挨家挨户地拍。

我第一次拍的时候，对有些细节不太注意，师兄师姐看了就指点我重拍。拍照时，我们有一个不成文的规定：除了给每户村民拍全家福外，凡是小孩和60岁以上的老人，都会单独拍一张生活照，老人还会加拍一张12寸的黑白半身照。

五一的时候，外出打工的人大都不在家。我们在村子里碰到的都是老人和小孩。我们给很多人拍的是一辈子第一张照片，他们很高兴。越是贫穷的人，越容易满足。给他们拍照片后，他们脸上总是流露出感激但又无以为报的神情，就拿出家里的特产，让我们"随便吃"。吃了还让我们拿，不拿还不行。

那次我拍了一张照片，印象很深。那家人当时有爷爷、奶奶、母亲和一堆小孩。大人们蹲着，小孩站着，每个人都有生动的神态。那应该是他们第一次拍照，因为我在他们屋子里面没看到照片。照片后来被多次展览。

的确，很多人是第一次拍照，他们在镜头前很紧张，不会摆姿势。我们就和他们聊天，说"阿姨你好漂亮""阿姨笑一笑啊"，等到状态最合适的时候，就"咔嚓"一下。我们还学他们说苗语。因为我们讲的是普通话，当地很多大人听不懂，我们就请村里的小孩用自己的语言表达："娘娘，他们免费来给你们拍照。"那些阿姨就很高兴，穿上最漂亮的衣服让我们拍。

2016年国庆节，"1家1"第14次活动由我带队，去了台江县施洞镇良田村。那个村子特别远，是由3个村子合并而成的。第一天我们从驻地走了2个多小时才到一半路程，女生走不动了，我们几个体力好的继续走。一路又饿又渴，终于到了第一个老乡家。他给我们一人舀了一大碗甜酒，还叫我们吃饭。但我们没吃，为了赶时间，拍完照片就回去。到了扎营的地方，我们鞋一脱，一屁股坐在地上就起不来了——脚太痛了。那天来回走了三四十里，都是盘山公路。

我们住的地方，一般是村委会或村小学，就地搭帐篷。为了把钱尽量用在买相纸、过塑膜和打印材料等方面，我们每次都带上压缩饼干、火腿肠、面条、榨菜，还有自制的辣酱和碗筷。拍摄计划都是拟好的，为了争取时间，我们每天六七点起床，吃点压缩饼干就出发，中午有时间的话就吃面条，没有时间就啃饼干。一直到拍完才回程，晚上到帐篷后吃辣酱拌面条，最多还有点榨菜，也算是改善一下伙食。晚饭后我们还要加班打印照片。

那次活动我拍了一名百岁老兵。他是在战争中负伤回来的，一说话就掉口水。我给他拍了照片，他哭着和我说话，但我听不清楚他在表达什么。

我们每次会翻拍一些老照片，翻拍最多的就是老军人的照片。那些照片因为时间很久了，当时没过塑，照片回潮掉色。翻拍时，我们就慢慢地用软件还原修复。

有的老人不知道照片是什么东西。我遇到一个老人，他说花了30块钱拍过一张照片，从家里翻出来，结果我一看，是身份证。

2017年大年初六，"1家1"进行第15次活动，也是第3次春节特别活动。我们7个同学在出发前一天从各地赶到贵阳。这次的目的地是丹寨县排调镇羊先村。

春节期间的活动，对队员来说是一种考验，大家本来在和家人团圆，想抽身出来要得到父母的支持，所以好多人参加不了。由于人太少，光是背装备都背不了，我就把我的战友拉上。他家在贵州凯里，也是贵州师范大学的，平时也了解我们做的事情，就和我们一起下乡，充当志愿者。

我们住在村委办公室。当时在帐篷下面垫了4个睡袋和2层防潮垫，等到拍完那天，我收帐篷时才发现有3层睡袋全是湿的。

"1家1"第16次活动，除了我们学校的同学，还有浙江传媒学院的同学参加，他们想来跟我们学习。五一期间，我们一起去了凯里市湾水镇岩寨村，其中最年轻的成员才19岁。

本来，从贵阳到凯里有高铁，票价58.5元，但我们选择了普通列车，只需要28.5元。节约出来的钱可以用来打印照片。

回来以后，我们在贵州的高校里举办了"'1家1'全家福拍摄团5周年摄影展"，为期15天。展览之后，其他大学的一些同学问我们还招不招队员。"1家1"基本是依托于我们摄影专业的学生，每一届传承下去，同时让这个活动慢慢地往前走。我们也从校外招志愿者。除了要保持活动的针对性和专业性，我们还要保证它的可持续性。

孙翠平：我们去乡村，不仅仅是拍照，也可以陪伴他们

我是摄影专业2014级的，从"1家1"第12次活动开始，我已经参加了4次全家福拍摄。

在大一新生军训时，我看到了"1家1"的展览，对这个活动有了大概了解。到了大一下学期，就是2015年的五一，我就报名去了安顺市镇宁县本寨乡鱼凹村。

那次去的女生有5个，因为过程比较辛苦，每次男生会多一两个。能参加活动的女生也算是"女汉子"，不怕吃苦。虽然通过师兄师姐们以前的图片展、分享会，我已经有了不少的心理准备，但第一次入村拍摄时，我还是被震撼了。

我们驻扎在鱼凹村希望小学。那是我第一次亲眼见到

以前在电视上看到的山区。小孩子大多穿得很简陋，当时我眼里都有泪花了。跟我后面去的三个村庄相比，第一个的条件算是最差的。希望小学在山顶上，我们住在教室里，晚上的风特别大。第二天早上我才发现窗户都是破的。我当时就想，他们冬天上课该有多冷。

那里生活的是布依族，村民很热情，自己做了波波糖，特意送给我们吃。他们只会说自己的方言和贵州话，那边的老师跟我们说是双语教学，我还以为是贵州话和普通话。

我们下乡顶多只有7天时间，而一个村庄可能有好几百户，要帮他们拍完照片并送给他们，时间很紧。所以我们每次大概13人，分成4组或3组，每组需要1个人拍照，1个人询问基本情况，1个人拍拍花絮，3个人就够了。

我印象最深的是，一户人家当时有位老人正处在病危阶段，卧床不起。我们给他拍了照片，结果第二天听村民说他去世了。那张照片竟然成了他的遗照。

那次拍摄，是我初次接触到大山里的孩子们。刚开始我们说话，有些小孩都听不懂，可能也有一点点抵触，放不开，不愿意跟我们交流。后来我们每天拍摄完，回到学校跟他们打乒乓球、打篮球，玩熟了之后他们很热情，很喜欢我们。

虽然白天要忍着山里毒蚊的叮咬走村串寨，晚上也要加班修整、冲洗照片，但看到冲洗出来的照片上他们的笑脸，我觉得一切都很值得。

后来，除了春节特别活动，五一、十一的拍摄我每次都参加。

第14次活动中，那天走到一半的路程，我感到很吃力，就坐在一个村口小卖部门口，陪着2个小女孩玩了一下午。她们说爸爸妈妈都在外面，一年就回来一两次。那个下午，我跟她们玩，感觉她们特开心。我拍了她们的照片，她们笑得眼睛都眯成了一条缝。

其实，我们去乡村，不仅仅是拍照，也可以陪伴他们，跟他们聊天。因为他们很少能接触外来人，基本上都在村子里玩，可是小伙伴们隔得比较远，也不会经常见面。

除了拍照，希望小学的老师特别邀请我们给孩子们上课。有个师兄给六年级上思想政治课，讲他自己的经历，把他自己都说哭了。有的队员上舞蹈课，还有的教画画、摄影。

有一次，我们刚好赶上一场婚礼，喜宴设在村委会院子里。我们拍完照回去，就被邀请去吃饭。那是我第一次在贵州吃喜宴。

现在我在团队里属于召集人之一，负责前期策划和统筹，还要管账。

今年五一，我们到凯里市湾水镇岩寨村拍摄，我发现那里的村寨和以前拍的贫困村不一样了，房子很漂亮，交通变好了，智能手机在村里渐渐普及。我从新闻上得知第一次去拍摄的鱼凹村已经通了公路，发现贵州农村的面貌发生了很大的改变，村民的生活条件在逐渐变好。

杨洋：他想和妻子合影，就让我现场翻拍后把他们的照片合起来

我和翠平是同班同学，也是在大一的时候了解到"1家1"是干什么的。

我是土家族的，印象中我家没有一张完整的全家福。我爸妈在浙江打工，我在大一的下学期买了相机，一方面是我想参加拍摄团，另一方面是想拍一张自己的全家福。

我最初参加"1家1"是在第14次活动。当时，我翻拍了一张很小的照片。照片是1968年的，黑白的，比较模糊，画面上有6个还是7个阿姨穿着苗族服装。

我们每次都很难拍摄到一张真正意义上的全家福。第14次活动中，我只拍到一张，那家人都在田里干活。很多全家福缺爸爸妈妈。有时我会把狗也拍上，狗也算家庭

的一员。

我拍到的老人，年纪都比较大，一般有80多岁了。年纪最高的是101岁，他坐在门槛上，扶着一根拐杖。因为门槛高，拍照的时候，我们的一个队员在后面撑着他的背，怕老人忍不住往后仰，会摔下去。他听不懂我们说的普通话，我们说苗语，他就笑了，露出满脸的幸福表情。那张照片，后来经常被用来展览。

第15次活动中，我遇到一个老爷爷，他的妻子过世了，只留下一张身份证。他想和妻子合影，就让我现场翻拍后把他们的照片合起来。可能他们没有拍过合影，只在办身份证的时候拍过照片。他一个人住着，女儿已经嫁出去了，他有女儿的一张卡通照，也让我给他们一家人拍成合影。

春节是阖家团圆的日子，也是拍摄全家福的最佳时机，尤其在偏远的山村，老人和孩子只有在春节才能盼回家人。但是对"1家1"队员来说，春节拍摄就意味着减少和亲人团聚的时间。今年春节，我出发那天，飞机延误了两小时。我心里默念，今天飞机可不可以不起飞了呢。毕竟是过年，一年里我在爸妈身边最多就待一个月，虽然我是去做自己想做的公益，给别人拍全家福，但心里还是不舍得离开自己的家人。

在"1家1"中，我主要负责前期人员的召集和培训，还有下乡的策划，每次回来组织总结和分享，比如以视频、PPT和展览的形式让没有参与活动的人知道我们每次具体做的事情。在团队内部，这既是经验的分享，也是一种培训。

我计划，以后下乡拍摄时，我们提前拍摄一些大学生活和城市风景，送给那些乡村的孩子。这样相当于给他们一种指引，让他们了解外面的世界，有一些不一样的追求和梦想。

张健：把最初的口号"幸福留念，亲情永远"传递下去

我是摄影专业2015级的，是山西吕梁人，在团队里负责宣传。大一的时候，学姐他们在准备国庆的下乡拍摄活动，我了解之后内心热血沸腾，感觉特别有意思。我以前没有过露营或者和别人一起出去旅行的经历，以为很好玩。国庆过后，他们回来了，我看到有的照片就忍不住流眼泪。

2016年五一，我第一次参加"1家1"拍摄活动，内心非常激动。我拍的第一张照片是在田里拍的。五一的时候，村民在忙着插秧。我们从村子一直往后山的方向走，走了40多分钟才看到第一个人，是个四五十岁的阿姨，能听得懂我们说话，我就下田拍了。

那次我拍了30户人家，但只给两户人家拍了真正意义上的全家福，其他照片都不是。贵州的现状是留守儿童居多，基本上都是一个或两个老人带一群小孩，在家的年轻人特别少。

几天拍摄下来，我觉得特别累，但是看到那些笑脸，我的心里又觉得特别舒服。

我们经常遇到只会苗语的村民，与他们沟通只能靠小学生帮忙做翻译和向导。小孩带我们去他的同学家。每去一户人家，身后就会多一个小孩，到了最后，就有一大群小孩跟着我们。

我们也遇到过出现误会的情况。有的村民以为我们是政府派去的，他想怎么拍，我们就应该怎么拍。其实我们是自己掏腰包去给他们拍照片的。有一个村民说照片没把后面的建筑给拍全了，其实他是想和自己家合张影。有的村民对照片不满意，就在我们住的帐篷前边，当着我们的面把我们给他拍的照片烧了。

在"1家1"全家福拍摄团的电脑里，有一个专属文件夹，名称叫"幸福"。我们相信，如果在宝贵的团聚时间里，留下孩子、老人，以及整个家庭的影像，真的是特别有意义的事，也是特别幸福的事情。

2016年，"1家1"在第三届中国青年志愿服务项目大赛中荣获金奖。最初的发起人都已经毕业了，现在前前后后参与过下乡的队员有80多人，加上服务于前期、后期工作的队员有150人左右。我希望"1家1"全家福拍摄团在未来走得更远、更好，把最初的口号"幸福留念，亲情永远"传递下去。

不打烊书店

当夜幕降临，1200bookshop希望在黑暗袭来后，为这个城市提供一盏灯、一个落脚点，也是一种安慰、一种庇护。

时间	2017 年 4 月 13 日
城市	广州
讲述	刘二囍

1984 年，我出生在皖北一个小镇。那种小地方，家长和老师都把教材以外的书视为闲书。不过我能接触到的武侠小说、言情小说，所谓闲书，比较少。在高中的时候，我开始写一些东西，算是深度版的日记，纯粹是为了情绪的释放，记录自己的心路历程。

2003 年，我考上华南理工大学的建筑学专业，从老家来到广州，仍然坚持写。我从不打游戏，就写东西，当没事写着玩。那时，我们热衷写博客。我的博客链接里面有上百个人，但是坚持到最后，就只有一两个人了。其实能写出好文字的人很多，但是能够坚持写的很少，我算是能够坚持写的一个吧。从大一到大五，那些文字在毕业后变成了一本书。

大学毕业后，我进了广州一家国企性质的建筑设计院。业余时间，我仍然坚持写。出了第一本书，我觉得挺有成就感，是有里程碑意义的一件事情。写的文字被认可，至少以书的形式出现，与书店算是成了近亲。说到书店，我在大学时代去过的书店都普普通通，没有什么太出彩的。虽然有个别很文艺的书店，店内有咖啡区，那种空间多样性，我觉得是很不错的体验。但仅仅如此，我当时对书店并没有上心。

关于建筑设计对我的影响，有一本书和一部纪录片。那本书，我把名字忘记了，就是讲一个法国建筑师，游山玩水，写生，像侠客一样生活。我看完以后，觉得自己想要这样的人生。纪录片是关于国内著名建筑师王澍的，他在出世和入世之间切换，可以在喜欢的地方归隐好几年，再出来做设计，然后又隐居。那时他还没有拿到普利兹克建筑奖，我觉得他是建筑师里面的异类，既有文人情怀，也有隐士风范。这两个角色，就是我想要的。当我读了建筑专业，我发现大部分的建筑师都不是这样的。我在朋友圈写过，王澍对我的影响，在非建筑领域，相比于建筑的符号和专业，更重要的是他的人生态度。真正吸引我的不是他的建筑作品，而是他的生活方式和态度。

我在设计院工作的第三年，用攒下的20万元跟人合伙开了一家咖啡店。不到一年时间，我复制同样的模式开了第二家咖啡店，顺利走上轨道之后，我就从设计院辞职了。

　　那是2010年，我26岁。我觉得自己太安乐了，就想要突破，走出去。正好台湾开放向大陆招生，不用考英语，而且学费便宜，我就临时申请，被位于台中的东海大学录取了。

　　我从小就是一个不循规蹈矩的人。早在华工上学时，我就幻想着骑行海南岛，骑行川藏线，但都没有成行。到了台湾以后，一部《练习曲》的电影再次勾起了我的欲望。那部影片讲述了一个大学生，毕业前骑着单车环游台湾岛，沿途的种种神奇经历。我发现，原来环岛同样是被赋予热血和激情的事情，而且可以弥补我曾经没有实现某些梦想的遗憾。那种想法很迫切，让我热血沸腾，我觉得一定要在年轻的时候去做。

　　我的想法，比电影里的那个大学生更激进一些。29岁生日的时候，我许下的愿望是在30岁前完成徒步环台湾岛。2013年10月1日，天亮我就从东海大学门口出发了。挑选那一天上路，我没有特意的选择，只是想挑那个月的第一天，没有特别的仪式。前一天晚上，我半睡半醒，本来第二天还有课，我请假了。出门的时候，同学们迎面走过来都去上课，我背了一个大包就开始了。

走路环岛是很多台湾人的梦想。一些年轻人计划靠环岛来激励自己，很少有人做到，因为太辛苦了。我带的装备是一个大的登山包，有10公斤行李，里面有衣服、生活用品、电脑、各种充电器，还有一个睡袋。我选择一个人徒步环岛，是因为我想过，如果有别人一起，嘻嘻哈哈地在路上度过，徒步就变成了游玩。我希望在路上，和自己抗争，跟自己对话，挑战自己的毅力、韧性。如果能够面对孤独，处理好和自己的关系，那么以后也可以面对其他孤独的旅程。我相信，如果要成为一个优秀的人，必须要有面对孤独的能力。如果一个人无法生存，那就只能是乌合之众。

研究所的一个同学，在我出发前，往我手心里塞了一张纸，上面写满了他在台湾各个县市的亲人的名字和联系电话，还叮嘱我，如果到相应的地方遇到困难可以联系上面的人。走在苏花公路上，我从来没有看到过那么漂亮的沿海公路，一边是高山万丈，一边是太平洋，风和日丽。虽然走路变得很机械化，就像和尚敲木鱼，一步一步，但一路上的恩惠让我应接不暇。

一个人在环岛的时候，就是一个标志性很强的人，满脸风尘，看背包就知道在环岛，人们遇见了都会说你是一个很棒的人，超燃。我走在路上，遇到的人都是素不相识的好人。在出发前，我就预料这会是一趟收获之旅，也会是一场负债之行，因为不知道要欠下多少人多少次的人情。

在高美湿地旁边的店铺里，一个大爷和两个朋友，招待我好吃好喝，全部免费。在一座寺庙旁居住的大姐，向我慷慨赠予她私藏的治疗筋骨伤痛的药品。她拖着不是很便利的腿帮我打开澳底小学的舞蹈教室让我借宿。在寿丰小学，一位大姐让我睡进替代役的宿舍，临走前还放下了削好的苹果。在台北，有人给我送来亮色冲锋衣和荧光贴纸，以便在暗中行进起到警示作用。还有更多的人，让我无以回报。每一个竖起的大拇指，每一次指引，每一次微笑，每一句加油，都值得我铭记和感恩。

最后一天，几个研究所的同学在终点迎接我，每人给我送上一个拥抱。在场的还有我认识的几个大妈，她们是台中人，以前和我有过一面之缘，只知道我是一个大陆学生。听说我环岛的时候，她们觉得这个学生挺棒的。我每天都会写文章，在网上更新，她们一直在看，成了很热衷的粉丝。只要一天没写，她们都会在网上问我怎么没有写了，出什么事了啊。一路上她们给了我很多关怀。

51天，1200公里，环岛一路下来，汹涌而来的恩惠和温暖让我多次动容，让我相信热血与温情可以美化这个世界。

多年前，一位朋友从台北带了一本书送我，说是来自一家24小时不打烊的书店。那时台湾对我来说还很遥远，可是"24小时不打烊"这一标签就烙在了我的心里。我把这个口号理解成对阅读的尊重、对书籍的热爱，认为它是一种自发的敬意。

徒步环岛的路上所遇到的美好与感动，让我深深体会了一把勇气与坚持对人生的意义，也给了我开一间24小时书店的决定和未曾想过的未来生活。

2014年的一天，我在朋友圈发了一篇文章，说自己要开广州第一家24小时书店，为城市点燃一盏深夜的灯。消息传开后，在不到一周的时间内，便有20多个人愿意参与。最后我们有30位股东，启动资金120万元。

我本身是一个设计师，可以花很少的价钱把空间利用得很好。5月15日签的铺子，7月12日0点，广州第一家24小时书店1200bookshop开业。书店的名字1200bookshop，源于1200公里的环岛之旅。书店开张时，我恰好30岁。

前一天是星期五，已经来了很多人，凌晨启动亮灯仪式，决定那个地方永不熄灯，直到现在都没有熄过灯，连过年都没有。

开业之初的 1200 bookshop 人气爆棚。头两天的营业额超 2 万元，第一天书的营业额就超 1 万元，餐饮营业额超 5000 元，书架都空了，我紧急补了 1000 本书。有的读者远从珠海、江门而来，不少人是来广州出差的，但都会将 1200 bookshop 设为行程中的一站。

有句话是说"打扫好房子再请客"，我们那时还没"打扫"好，就先开业。环境比现在差了很多，楼梯间完全是空的，但现在布置得很丰富，很吸引人。最初买书供货不够，数量还没有现在的三分之一，很快就卖光了。

那时我每天都很紧张，因为我知道没有做好充分的准备，只能不停地调整。我没有团队，只有店员负责最基本的工作，我自己作为店长，常常半夜回家以后选书、下单，自己做海报设计，自己联系活动嘉宾，自己做主持人，分身乏术。现在团队有了管理层，也划分了图书部、活动部、设计部。

一天，我看到两个小女生，就走过去跟她们说话。她们不理我，后来我发现她们是听障人士。我就在纸上和她们交流，得知她们从深圳过来，当晚回不去，其中一个小姑娘表示："我刚辞掉工作，老板对我不好，克扣我的工资。"她还说有个愿望就是开一家这样的店，"店里全部招我们一样的人，因为我们这样的人不好找工作。我们也很渴望在这样的环境里工作"。

我很受触动，那时候就有个念想，以后开家店，全是听障人士在工作。后来发现要做成这件事挺难的，不过我们变相实现了，现在每个店里都有两个听障的小姑娘做外场的服务员，她们会拿纸和大家交流。

书店本来就是个无声的世界，慢节奏的氛围让人变得有耐心，愿意和她们交流。现在她们都能很好地融入环境，和其他店员每天上下班，开开心心。2016年，我们书店有将近50名员工，年会时优秀员工奖得主就是听障的小姑娘。她们很努力，笑容很有感染力。

对于经营24小时书店，我有三个目的：文化输出、温情供应、个人情怀。文化输出是传递对阅读的尊重；温情供应是希望书店能像《一页台北》那样，成为一个故事发生的地方，生活记忆的一部分；个人情怀就是书店的梦想，白天是生意，晚上是态度和温情。

巴黎的莎士比亚书店是全世界独立书店的旗帜，里面摆放的行军床，在半个多世纪里，免费留宿过数万个落魄文人，其中的一些人成了文豪。这是很棒的事情，很温馨，太传奇了。今年春节，我到了巴黎，放下行李，马上就去塞纳河畔的莎士比亚书店，巴黎圣母院就在旁边。我看到的样子和期望中的差不多。门口有一些流浪艺人，进去之后发现，那种环境破破的、旧旧的，行军床还在那里。二楼有一架钢琴，客人可以随便弹。我很羡慕它的历史和沉淀，它是我们的一个榜样。我们店内，有免费提供给背包客住的沙发。我在台湾徒步旅行的时候，很多人收留我提供免费住宿，我想把这份温暖传递给别人。

过去三年中，有数万人次在1200bookshop度过了漫漫长夜。体育东路店是1200bookshop总店，平均每晚有30个客人通宵，最少的一天也有一个客人——那天是除夕。1200bookshop"收留"各种各样的人，失恋的、失业的、失眠的、迷失方向的和短暂停留的。

有个来自黑龙江佳木斯的画家，在2012年决定开始他的背包之旅，边走边画，目标是用8—10年时间，画中国200个城市。出发前，他离了婚，也辞了工作。买的商业保险，还因为种种原因要打官司。走了20多个地区后，他在网上看到1200bookshop的介绍，心里一动，当即买了从昆明到南宁的火车票。沿途也没闲着，在昆明、南宁各画一天后，他在一个雨夜，走进了1200bookshop体育东路店。

我问起为什么来1200bookshop，他挠挠头说，当时在汕头，就听人说起过书店，在云南时又看到报道，说各行各业的人都来过，他就想也来看看，想知道自己的故事、自己的画真的有人喜欢吗。我们邀请他参加书店里的"深夜故事会"，分享自己的故事，被他拒绝了。他觉得自己没什么特别。

他在书店的最后一天，早上7点多，决定离开。走之前，他去隔壁的早餐店，给店员买了豆浆和油条。他的下一个题材是东北中朝千里边境。他说之前教书走过一次，这次决定再走。再之后就去黑龙江，虽然是故乡，但从来没画过，所以想好好画一下。他今年40多岁，计划画到60岁退休，期待之后能依靠这10年的经历养活自己。

2014年7月，书店开业不久，一个叫东东的小男孩每天每夜泡在书店。问到原因，他有时说"妈妈打麻将"，有时说"暑假没地方玩"。9月，杨东还在店里，放暑假的谎言已经无法继续。真相是，他来自贵州农村，母亲生下他不久就弃他而去，和他父亲住在广州城中村的女人常常不给他饭吃。他就混迹于商场和24小时快餐店，直到来到1200 bookshop。

东东的故事被媒体报道后，顶不住压力的父亲终于出现，把他送回了贵州，他从流浪变回了留守。今年春节我打电话联系他，给他寄了小礼物。他在家上初中了。

在台湾环岛的路上，我作为一个长期居无定所的背包客，晚上除了借宿小学教室，隔三岔五还会被热情的台湾民众收留，他们让我觉得漫漫路途充满温情。我深感热血与温情可以美化这个世界，所以我愿意去为这热血提供温情，这也促使我萌生了一个想法：如果我以后做了一间24小时书店，我愿为热血的践行者提供一夜安眠。

从2014年到现在，有成百上千的沙发客入住1200bookshop。有的人是穷游，有的人在这里度过留在国内的最后一晚，有的人第二天就要结婚了，有的人是第一次来到广州，还有人是故地重游。一位沙发客说，书店依然安静又热闹着。不知不觉，沙发客房间的墙上留言已然密密麻麻。

春节前，一个23岁的年轻人在书店里流浪。失恋的他说："忙碌的工作和生活会很快让我们忘记一个人，所以我选择流浪是为了记住一个人。"我在法国旅游时，他给我留言说要走了。

还有一个流连在书店的流浪汉大哥，来自台湾，以前是富二代，因为投资破产，不想回家，在广州流浪了十几年，如今1200bookshop成了他的长期栖居地，每天在书店里待的时间比我还久。

当夜幕降临，1200bookshop希望在黑暗袭来后，为这个城市提供一盏灯、一个落脚点，也是一种安慰、一种庇护。

一天深夜，一个女生在与男友发生争吵后甩门而出，她想找个地方一个人静静待一下，于是到了1200 bookshop，因为她知道这里有免费的沙发可以提供。第二天，她感谢我们说，要是没有不打烊书店的存在，只能选择去麦当劳、肯德基或便利店了。

我还时常在深夜见到一些拖着行李箱的人出现。一些人是订了第二天一早的廉价机票，当晚从另外一个城市过来，在书店消磨一个晚上，第二天一早赶去体育西地铁站坐上头班地铁直达机场。一些人是半夜从火车站过来，深夜没有回自己城市的大巴车，就来书店待一个晚上，第二天再去客运站坐车。

这些人，把1200 bookshop当作临时的落脚点和中转站。不过，即便他们只是漫不经心地翻一下书，或者干脆不做任何阅读，我们也不会有所苛责，因为，我们要点燃的是一盏温暖的灯。

日本广播协会（NHK）来到1200 bookshop拍了一部纪录片《点亮这座城市》（*Lighting up the City*），采访了书店里的一些客人。有人说："我从家开车40公里专程来到书店，昨天是我第一次来，今天我又来了。"还有人说："我在世界500强（企业）工作，专门在书店边上买了房子。这样周末可以过来看看书，感觉挺不错的。"也有人说："我在网上看到这家书店，就带了我儿子来。他在别的地方都很闹，但一进来就安静下来。"

有个女孩在广州生活了5年，感觉不太顺利。丢了工作，和男友分手，甚至没了住的地方。人生中最糟糕的那天夜里，没地方去的她看到了1200 bookshop。

有个来自武汉的人，开了6家公司。某日凌晨1点，睡不着的他看到了一篇介绍1200 bookshop的文章，居然有10万+的阅读量。为此，他专程抽出一天来到广州，想看看究竟是什么样的书店能打动那么多人。

一名去年毕业的大学生，在广州工作一年，在1200 bookshop度过了生日、很多个开心和难过的夜晚。他说希望有一天，在自己的故乡也开一家书店。

有人从远方来，有人到远方去，遥远的路程经过这里。我希望位于1200 bookshop的小小一隅，可以让人们在此停留时，获得些许的休息。在夜深人静的时分，在书和灯的陪伴下，大家得以整理往日的历程，然后再度收拾行装，继续前进。

1200 bookshop现在有4家店，每家店的设计风格各有特色，但都是有故事的地方。

周末晚上0点，书店里的"深夜故事会"就静悄悄地开始。各种有意思有故事的人，从小区保安、记者、街头歌手、创业老板、便利店老板到背包客、作家，都可以讲述自己的故事。

深夜故事会，已经做了110多期。第一期是在开业一个月后，一名背包客从东北来广州，徒步加上搭车，经过八九十天。我请他吃饭，觉得很有故事，就想不如在书店和大家分享。那天晚上大概十一二点，有很多人来听。

这是深夜故事会的由来。本来之前没有想到做这样的活动，但那天觉得好玩，效果不错，以后就尝试着坚持。

深夜故事会的分享嘉宾，就找身边的朋友、朋友的朋友。我们发现，周末竟然有那么多人不睡觉，深夜故事会就形成了惯例。

只要空闲或者对主题有兴趣，我都会在分享会现场。分享嘉宾里，好多人平时根本不会有发声机会和分享平台，我相信小人物的声音也值得倾听。他们来自各行各业，不一定非常有名，但是一定有趣，在某个领域，有着独特的经历，或者独到的见解。分享的主题，包括旅行、音乐、公益、手工、摄影、插画等。每次音乐主题的分享，现场都会爆满。

随着越来越多的人参加，深夜故事会逐渐演变成了1200 bookshop一个持续性的品牌活动。

一个星期六晚上，广州下着大雨，故事会现场有接近200人，太夸张了。那是深夜故事会第110期，嘉宾叫阿明。在畅销书《乖，摸摸头》里，他是那篇《唱歌的人不许掉眼泪》里的主角。他出生在云南临沧，成长经历伴随着金三角的连绵雨水、建筑工地和孟定的香蕉园……他有过穷困窘迫、颠沛流离，还有一把吉他。他问过大冰：你觉得像我这种唱歌的穷孩子，到底应该靠什么活着呢？如今，他和女朋友苗苗，用他们的故事和歌声，回答了那个问题。

我印象比较深的一次分享，嘉宾叫石头，他是一个在地铁站外卖唱的歌手。因为家庭意外，父母不在了，他抚养弟妹几个。他本来也不会唱，但是为了还债，就走上街头，尝试卖唱。他的太太就是当时在路边听他唱歌的一个女孩。来到深夜故事会做完分享没多久，他们就结婚了，给我发了请帖。我还去参加了他们的婚礼。他后来没有继续卖唱，转行做了别的工作。

深夜故事会第106期活动比较一波三折。还未开始，隔壁就发生了火灾。现场紧急疏散，所有人都跑到了大街上。好在火情及时得到了控制，大家得以再次聚在一起。这个意外，倒也有点像嘉宾的某段经历。她曾是一位滑板高手，因为意外严重受伤，有8年时间远离滑板圈。她曾把自己和全国各地玩滑板的人的故事画在滑板上，举行全国巡展。去年，她重返赛场，希望用自己的行动证明，

"去做就对了。不开始，永远不知道结果"。

有一位90后嘉宾，她有多重身份。其中一个身份，是做临终关怀志愿者。她一共陪伴了60多位老人离开这个世界，也用自己的努力，温暖他们的病房。她说："很多人觉得我的生活太折腾，可是我明明看见，那些认真活过的人，临终前是多么平静；而充满后悔和遗憾的面孔，是多么狰狞。"

有些人在50岁盼着退休带孙子，而3位年过半百的"老男孩"，带着两把吉他、两个谱架，在1200 bookshop体育东路店，做了一次深夜故事会的分享。他们在1993年成立了一个乐队，后来分散四方。24年后，重新聚首的他们决定再出发，举办演唱会。他们说："无论50岁还是25岁，人生不止一次，而梦想，也没有年纪。"

今年过年前最后一场深夜故事会的嘉宾，分享了带着82岁的爷爷踏上2000多公里旅途的故事。他们先坐汽车到广州，再坐高铁到北京。于是，从未离开过家乡的爷爷有了人生中很多个第一次，比如第一次见到真的天安门。爷爷在那里一直笑，一直待着不肯走。

有一位时尚编辑把深夜故事会变成吐槽大会……他的朋友都以为他天天穿着一身名牌，比如戴一个80万的表，浑身上下加起来值一套房子，然后去各种派对见明星。但真实的情况是，他的衣服多数来自淘宝，也有一两件名牌，但不是天天穿。他家也没有一堆穿不完的衣服和鞋子。他家唯一的时尚单品，是他的猫。

今年跨年的时候，当晚演出到深夜2点结束以后，我自己开了一场分享会，一直讲到了凌晨五六点钟，天亮了大家一起去看日出。那天晚上有100多人，感觉都快疯了。

城市总是冷冰冰的，但故事可以把人们聚在一起。在讲述的起承转合里，大家并肩，兴致勃勃。深夜故事会，将一直在1200 bookshop继续下去。

很多人来到1200 bookshop，第一眼关心的都是书店如何赢利，仿佛赚钱才是它存在和成功的意义。我对书店的未来抱有信心，只是需要时间寻找合适的商业空间。现在我们已经有自己的经营模式，并且被证明是绝对赢利的。

我所理解的书店远不只是咖啡和图书，它是由书籍而牵发出的多元复合空间，这里可以有免费住宿，有音乐演出，有电影放映，有公益交流，有故事分享，有图书出版，有杂志编排，有展览策划……只要是好玩的、有趣的、文艺的事情，都可以在这里落地，最终它应该是一个综合的文化平台。

求婚仪式就在1200 bookshop举办过好多次。有一次的主角是我们的同事，仪式由我们策划：从书架上抽出20本书，用书名串成一段话，写成爱的告白，在现场所有人的见证下，进行求婚。

2015年8月，1200 bookshop被美国有线电视新闻网（CNN）评选为17个"全球最酷书店"之一。随后，我们的书店被许多人列入"喜爱广州的十个理由"。有个立竿见影的效果是，很多人来到店里，营业额比前一个月翻倍，我的公众号涨粉2万。

我在台湾看到过一些人的生活状态，吸引我的并不是他们博览群书，而是那种状态。在淡水河边的"有河book"书店，店主是一对诗人夫妇。店里有一面落地玻璃窗，外面是观音山和淡水河。台湾的诗人们都会到那里，因为店主本身就是诗人。大家把原创的诗歌写在玻璃上，那是我遇到的一道独到景观。玻璃上的诗，隔一段时间就更换一次，并且会结集成书出版。我读过那些诗，都写得很好，但是这本书只在"有河book"里卖。我觉得这是独立书店的味道，喧嚣之中可进可退，感觉非常棒。

书店的边界被不断拓展，远远超过了阅读的需求。我们正在重新定义书店，愿书店就是天堂的模样。

除了阅读，书店还可以塞入更多功能。就像手机，最开始的功能就是打电话、发短信，现在这些功能已经很次要，社交、拍照、看电影的需求更多。手机是个终端，书店也是，可以有旅行，有电影，有住宿，还有咖啡、文具，并远远不止这样。下一个书店里我会尝试加入音乐主题，会有演出。

自由的另一种定义是：不是想做什么就做什么，而是不想做什么就不做什么。开了1200 bookshop以后，我可以做到不谄媚、不迎合。这是我的自由国度。我实现了建筑所表达的入世和出世。

后记：我倾听，故我在

Q1：什么原因让你坚持"倾听人生"？

A：简单来说，就是好奇和热爱。背后的一个重要动力和支持，是《杭州日报》副刊的"倾听·人生"栏目，它有一句口号，是"在小人物身上寻找大时代"。2000年1月5日，这个栏目刊发第一篇稿件《苦尽甘来十六年》，文章写的是一名被家暴、被拐卖的妇女从抗争、觉醒到自立的真实故事。

我很幸运，偶然邂逅"倾听·人生"。这个全国屈指可数聚焦小人物命运的报纸副刊，每周一期，整版篇幅，时至今日已经记录了1000多个小人物的口述史，4次获中国新闻奖，5次获全国报纸副刊年赛金奖专栏。

美国非虚构作家彼得·海斯勒（Peter Hessler，中文名何伟），曾在《通往写作的路径》一文中，给年轻写作者提出建议："如果你在大学里有机会跟一位优秀的写作老师学习，或者，如果你遇到一位很棒的编辑，仔细听听他们的建议。"我对此深感赞同。

我曾经尝试投稿给别的非虚构写作平台和纪实栏目，结果得到的只是冷落与排挤。但是在"倾听·人生"的写作过程中，尽职尽责的资深编辑王燕和戴维，如老师一样陪伴我，与我保持沟通，提供详尽的采访、写作和修改意见。

就如编辑戴维所言，即使在人人发声的网络年代，好故事依然是稀缺资源。她一再告诉我，"倾听"的选题一定要脚踏实地，要有来源于生活的"热气腾腾"。故事的采写一定要发人肺腑，放低身段，让倾诉者有力，让倾听者温暖。故事要力求好看，既要追求故事生态的多样性，也要挖掘人物性格的逻辑性。她强调，所谓逻辑性，就是力求真实，唯有求实，才能赋予故事意义。另外，她也经常提醒我，有的故事很打动人，读者读了潸然泪下，但消费苦难并不是倾听的追求，在平实的叙事背后，能够产生更包容的解读，催生出更广大的善意，才是倾听的更高境界。

如何用口述体把一个独特的故事讲好，是我在"倾听·人生"栏目收获的宝贵秘籍。从标题拟取、结构布局、细节呈现到照片选择，编辑对每篇稿件都精益求精，严格打磨，与作者复盘总结，如此倾注心血，我唯有以热爱和勤奋的态度，更用心地写好每一个故事。

我记得编辑戴维除了夸赞我写得越来越好，夸赞我高产，也说我的文章拓宽了"倾听·人生"的选题范围。因为我对"倾听·人生"的热爱，因为我对那些好故事的好奇，因为编辑如良师如伯乐般的赏识，所以我愿意一直坚持下去。

Q2：你如何保证口述内容的真实客观？

A：按照现在热门的"非虚构文学"概念，我记录的"倾听人生"口述史，既有文学性，同时也属于新闻报道，真实客观是唯一的前提。在这方面，我除了在采访过程中追根问底，对事件的背景、细节反复确认，在写稿时查阅有关资料进行佐证，还针对疑惑之处补充采访，完稿后责任编辑一一核实及审核团队的专业把关，都能够厘清其中的是非、真假，尽量实现真实客观。

曾有一位老警察在接受我采访时，随口评价我"挺适合做审讯"。当时我第一句话就把他问得崩溃，泣不成声。很多时候，人们在讲述时对我说，自己从来没有对别人详细讲过那么多事情。大约是因为我容易让他们信任，他们才能推心置腹地交谈，说出来的应该都是真心话吧。

关于口述内容的真实性，我印象深刻的是作家梁鸿所讲，一位堂婶在外打工，大儿子留守在老家，夏天在村后的河里淹死了。这个事情在后来的很长时间里再也没有人跟这位堂婶提起。"在夜深人静的时候，可能这个话就在她嘴边，她一直等着人来问她，但从来没有人来问，她也从来没有得到机会说话。"直到梁鸿问起堂婶，她才讲了她怎么失去她的儿子。她的表情，她的那种悲伤，让梁鸿觉得"真实"这个词太清淡了，那是极其细微的丰富的内心表达。其实很多时候，我倾听和感受到的情形也大致如此。

当然，争取真实客观的同时，我也理解和尊重讲述者那些"不可说不可写"的权利。这应该是非虚构写作者和媒体应该有也必须有的善意与良知。

Q3：倾听别人的故事，对你自己的人生有何影响？

A：多年前，有一位62岁的老者在深圳和我分享过他的座右铭。那句话挂在他的办公室里，是存在主义哲学大师萨特的一句名言："行动吧，在行动的过程中就形成了自身，人是自己行动的结果，此外什么都不是。"

倾听了那么多别人的故事，我对这句话更加深信不疑。对于热爱的事情，认准了就去行动吧。就像这本书里的十位主人公，有人想去宣传消防知识，有人想救助流浪动物，有人想为器官捐献事业出力，有人想开不打烊书店，有人想设立解忧热线，有人想替聋哑人发声，有人想为一群孤残重绝症的孩子寻找希望，有人想为无障碍出行呐喊，有人想免费为偏僻乡村家庭拍摄全家福，有人想帮流落异邦的抗战老兵回家。追随内心，别犹豫，行动吧。

行动起来，才有更多的故事可以讲。无论写作还是其他，倾听别人的故事，让我更坚信，人生能有几多勇敢的行动，就有几多精彩的故事。

Q4：本书里的10位口述者，现状如何？

A：他们当中，有9位在我的微信朋友圈，有的活跃，有的沉寂。时不时地，我还会关注他们的动态，为他们点赞。唯有《解忧热线》的主人公袁阿姨，她说自己不使用微信，我添加了她的QQ。

在袁阿姨的QQ空间里，她经常分享自己种植的近百盆花木，色彩鲜艳的照片搭配心情感悟，图文并茂，怡然自乐。4月4日，清明节，我看到她当天上午10点在空间里写道：

亲爱的爸爸妈妈，忠厚的丈夫，心肝宝贝的儿子，

今天我来给你们扫墓了，特写上一首诗寄托我的哀思！

年年岁岁清明日，

岁岁年年愁思泪。

遥思故乡祭双亲，

严父大爱如山重，

慈母恩情比海深。

丈夫已驾黄鹤去，

空留寒舍独自悲。

儿子音容依旧在，

望穿双眼不见归。

唯烧纸钱墓碑前，

带去思愁化作灰！

对着手机屏幕，我默默祝福袁阿姨。愿她身体健康，愿她一切安好！

Q5：关于口述史写作，你有什么心得？

A：简而言之，有如下要点：1.寻找好选题，题选得好，事半功倍；2.收集素材，制定访谈提纲，提纲挈领，有备无患；3.进行访谈，虚怀若谷，耐心倾听；4.现场记录，多种方式，录音、笔记、视频，不拘一格；5.素材整理，甄别真假，核查事实，去伪存真；6.构思创作，精心取材，布局结构，引人入胜；7.增补问题，补充采访，修订打磨，精益求精。

Q6：未来你有哪些"倾听人生"的新计划？

A："又是叶小果。"去年12月18日，我写的《喜活》，记录了曹县一位"棺二代"。在《杭州日报》"倾听·人生"栏目发表后，一位朋友向我转达她朋友的这句话。大概，她的朋友前不久刚在这个栏目读到我的另一篇文章《孤勇者》吧。

由于两篇文章发表时隔不久，这位朋友以为我很高产。其实我去年完全是"低产歉收"（发表5篇，3篇未能发表），和前几年的发表记录相比，数量严重缩减，而且质量也有参差。

　　编辑戴维两次关切地问我："你今年的状态是不是有点疲倦？""你是不是写伤了？"我想，并没有。"倾听人生"系列，我已经写了7年，感情世界里的"7年之痒"效应，对我而言并没有发生。相反，在这7年里，我感受到自己在非虚构写作中的明显成长和进步，我越来越有信心坚持下去。

　　每个人都是一部非虚构长篇，都有故事娓娓可道。每一次在倾听中，我跟随平凡的他们，去体验，去感受，去理解我未曾经历过的人生和世界，这让我对"倾听人生"更加着迷。所以我的写作计划里还有很多精彩的故事，至少，我希望把"倾听人生"系列写够100篇。

　　对未来的"倾听人生"，我的好奇有增无减，我的热爱历久弥新。